COLLECTION FOLIO

Marc Weitzmann

Chaos

Gallimard

Marc Weitzmann est né à Paris. Chroniqueur littéraire au magazine *Les Inrockuptibles* depuis 1995, il est l'auteur d'un premier roman, *Enquête*, paru aux éditions Actes Sud.

Ta vie sera en suspens en face de toi, tu craindras la nuit et le jour, et tu ne croiras pas à ta vie.

Deutéronome, XXVIII, 66.

Nous sommes faits de Moi et de Ça, de chair et d'esprit, et aussi d'acides nucléiques, de traditions, d'hormones, d'expériences, de traumatismes passés et récents ; aussi sommes-nous condamnés à traîner derrière nous, du berceau à la tombe, un Doppelgänger, un frère muet et sans visage, qui partage pourtant avec nous la responsabilité de nos actes, et par conséquent de nos pages.

PRIMO LEVI,
De l'écriture obscure.

Aucun câble à haute tension n'est supporté par les pylônes que nous édifions ; s'ils s'écroulent personne ne meurt, et il n'est même pas nécessaire qu'ils résistent au vent. Bref, nous sommes des irresponsables et l'on n'a jamais vu d'écrivain traduit en justice ou aller en prison parce que ses charpentes se sont effondrées.

PRIMO LEVI,
La Clé à molette.

Chapitre 1

DANS LA MAISON DU PÈRE

Dix-sept ans à vivre sur la promesse d'un avenir acquis. *Ils tournèrent leurs carabiiines/Potemkiiinneee* : un Robin des Bois du stylo, disait sa mère, le défenseur des humbles, annonçait-elle depuis les allées de la Fête de l'Huma qui chaque année dominait Besançon sur les hauteurs du fort. Comme grand-père Henri avant lui. Comme oncle Jacques avant lui. Comme Luddmeyer — et même si personne parmi ces modèles n'était plus communiste depuis des lustres. Voilà ce que tu seras toi aussi plus tard, mon petit chéri... Elle lui montrait ses futurs fans. Immigrés de chez Peugeot, OS de chez Lip : tant de pauvres, tant de victimes à défendre ! Un monde à réparer. Et qui était la plus pauvre des pauvres ? Qui, la plus victime des victimes ? *Belle/Tu es si beelle/Qu'en te voyant...* Non, elle ne se plaignait pas, non. Elle n'avait guère le temps de s'apitoyer sur elle-même. Beaucoup trop de choses à faire ! Et puis quand on voit comment va le monde... Au lycée, elle n'occupait qu'un modeste poste de secrétaire administrative, d'accord — mais il lui fallait aussi faire le travail des autres ! Pallier les carences du corps enseignant ! Après ses heures de travail, elle faisait du soutien scolaire sauvage, elle s'occupait de certains élèves, qu'elle jugeait en difficulté. Le soir, elle fréquentait assidûment les réunions de parents d'élèves organisées par la FEN. Et à tout cela, il fallait encore ajouter le travail domestique ! Elle avait renoncé à la femme de ménage pour des questions de principes, sans compter que mieux vaut faire les choses par soi-même... Puis il y avait encore l'éducation de ses « trois enfants », comme elle disait, « parce que ton père, hein »... *C'est la lutte finale/Groupons-nous, et demaiinn...* Nous avons raison parce que nous sommes de gauche : nous aimons la justice ! Nous aimons la droiture ! Et comme nous compatissons avec ceux qui souffrent ! — Son père, justement : il avait abandonné la tradition littéraire bourgeoise de la famille pour une carrière d'acteur de théâtre populaire. Pour lui aussi, il était la revanche attendue. Oh, il y avait à cela de très bonnes raisons. De l'avis de tous en effet (soyons objectif !), n'avait-il pas toujours été de nous deux le plus vif ? Le plus intelligent ? Le plus apte aux études ? Le plus cultivé, le plus créatif, et avec ça, une imagination débordante, qui faisait — malgré ses résultats scolaires lamentables — l'admiration notoire des professeurs ? *Ivano-hé ! Ivano-hé !* Et quelle précocité, dans la conscience politique ! À douze ans — tandis que, moi, j'en étais encore à me réfugier dans ma chambre pour y lire des histoires de pirates —, ne hochait-il pas gravement la tête devant le journal télé ? Il conspuait les réactionnaires ! Il manifestait son soutien aux résistants du Chili ! *Gis-card dé-mis-sion ! Gis-card dé-mis-sion !* À treize — tandis que moi, imbécile solitaire, évadé imaginaire, je me créais des mondes grâce aux éditions illustrées pour enfants qui racontaient la découverte de l'Amérique — je me souviens d'un livre sur le Mexique inspiré des chroniques de Las Casas : sur la couverture, une princesse indienne à demi nue cédait aux avances d'un Cortés en armure — forêts luxuriantes, oiseaux aberrants, tambours : je me perdais dans des chimères insensées, j'ignorais encore que cette princesse indienne sur laquelle je rêvais n'était autre que la Malinche, traductrice, destructrice, traîtresse par qui Cortés allait détruire l'Empire aztèque avant de la ramener en Espagne où elle subirait la déchéance réservée aux apatrides —, n'organisait-il pas, pendant ce temps-là, mon admirable frère, la grève générale des élèves de sa classe, en solidarité avec les anarchistes garrottés par Franco ? À quinze — au moment où je choisissais, dans l'indifférence générale, puisque mes parents n'avaient d'yeux que pour lui, de me consacrer à l'Histoire — ne faisait-il pas voter ses camarades contre je ne sais quelle réforme de l'éducation nationale ? Oui ! Parce qu'il était plus intelligent, plus séduisant et plus malin que moi, mon frère avait toujours bénéficié auprès de mes parents d'une attention et d'une affection dont je n'avais jamais pu obtenir le dixième. À six mois, ses rots passaient pour des licences poétiques ! S'ils avaient pu, mes parents auraient fait encadrer ses langes pleins de merde pour les accrocher au mur ! Les meilleures écoles ! Les meilleures fringues ! Des cours particuliers en maths quand les choses allaient de travers ! Un bureau de ministre à six tiroirs pour son dixième anniversaire ! Ils n'avaient vraiment lésiné sur rien pour faire de lui le brillant intellectuel qu'il était censé devenir selon eux. Et le résultat, eh bien, c'était l'adulte qu'à leur grand désespoir il était bel et bien devenu : un type pervers, peu fiable, inapte au moindre travail régulier, et qui, à force d'immaturité, d'orgueil et d'instabilité, avait gâché non seulement sa vie, mais l'existence de tous ceux qui l'entouraient.

La troisième nuit après la mort de mon père, incapable de dormir, cherchant à mettre de l'ordre dans mes notes éparses et raturées, m'efforçant vainement de rédiger quelque chose, d'à la fois cohérent et décent, en vue de l'éloge funèbre, qu'il me revenait, du fait de l'inexplicable disparition de mon frère, de prononcer le lendemain, je ressassai ce que j'étais le seul à avoir découvert à son sujet.

Au-dessus de moi, accroché au mur, il y avait une photo de Louis XVI, quelque temps avant son exécution. Buste grotesque, affublé d'une perruque et d'un col de dentelle, lèvres maquillées, amincies par le fard, joues poudrées, le regard plein de ferveur exprimant de manière trop ostentatoire la douleur du martyr incompris : mon père, dans son dernier rôle. Je l'avais vu jouer ça quelques années plus tôt, en 1989, et j'avais réalisé au passage et pour la première fois, à quel point le destin de ce roi, ce monarque absolu qui avait cédé sur tout avant de finir décapité, était au fond moins marqué par le tragique, que par le ridicule et l'humiliation. Mais c'était peut-être cela, le tragique : une situation si stupide et si improbable, si dénuée de grandeur comme de dignité, que personne ne pourrait croire qu'elle aura des conséquences sérieuses. Mon père. Après la faillite de l'unique troupe au sein de laquelle il avait passé un peu plus de trente années de sa carrière, incarnant des personnages qui, pour l'essentiel, semblaient tous bâtis sur le même modèle — Sganarelle plutôt que Dom Juan, Argante plutôt que Scapin, et, pour seul rôle-titre, quoi d'autre que le «brave soldat Chveik»? —, après le retour forcé dans la capitale et la découverte de l'ANPE-spectacle à cinquante-cinq ans, après plus de dix années de pointage à peine interrompues par quatre figurations, et deux spots publicitaires — l'un vantait les mérites d'un crédit bancaire que ses revenus ne lui auraient jamais permis d'obtenir, malgré le costume luxueux et le statut de chef d'entreprise dont le scénario l'avait affublé, l'autre présentait, depuis une villa de la Côte d'Azur où il était censé couler sa paisible retraite, une assurance-vie pour personnes âgées —, après tout cela, si quelque chose était cohérent dans sa vie, c'était, sans nul doute, l'ironique incohérence que représentait, pour ce communiste convaincu, un ultime rôle de monarque décroché à l'occasion du bicentenaire de la Révolution. C'était une grosse production populaire et édifiante, destinée aux dimanches familiaux, aux matinées scolaires. La majeure partie du spectacle se déroulait sous la Terreur, avec la mort du roi pour symbole de la boucherie qui allait suivre, si bien que les apparitions de mon père s'étaient limitées à la scène d'ouverture résumant le procès et annonçant l'exécution. Une dizaine de répliques. Quinze minutes sur scène, au plus. Un peu mieux, tout de même, qu'une figuration. Dans sa chambre-bibliothèque, attenante au salon où j'étais assis, il avait fièrement affiché, au-dessus de son lit, une autre photo du même spectacle. Elle le représentait en pied, cette fois, avachi dans un fauteuil, un fauteuil Louis XVI, évidemment, bien que l'action se déroulât à l'Assemblée nationale (mais il faut savoir être faux pour avoir l'air vrai quand on s'adresse aux comités d'entreprise et aux programmes scolaires). Au premier plan de la scène, le regard perdu quelque part en direction de l'horizon, il écoutait le verdict prononcé par le tribunal révolutionnaire que l'on pouvait voir derrière lui, et dont la légende, au-dessus du cliché, résumait la philosophie en gros caractères. «La liberté ou la mort». Tout au long des sept dernières années de son existence, mon père, le moins libre de tous les êtres que j'aie jamais rencontrés, s'était endormi chaque nuit sous sa propre image de condamné, et condamné par ce slogan justement — ce slogan qu'il avait ardemment défendu, à grands coups de manifestations, de grèves et de mots d'ordre piochés dans *L'Humanité*, construisant ainsi au fil des jours la digue morale que le cynisme notoire de son fils prodigue, mon frère, avait entrepris de miner dès notre adolescence, au cours de querelles violentes, dont les échos alimentaient les commentaires des voisins, et auxquelles j'assistais en spectateur.

Mais c'était fini, hélas. Plus personne ne criait maintenant, et, à part moi, tout était calme.

Cette nuit-là, près de vingt ans après une adolescence qui m'avait paru insupportable, et que je ne pouvais plus évoquer maintenant sans regret, tandis que, mon père mort, mon frère disparu, moi penché sur mes notes à la table du salon, je m'efforçais consciencieusement de remplacer le second auprès de la dépouille du premier, cette nuit-là, régulièrement, je levais la tête de mes notes pour fixer la photo, avant de replonger, sans le moindre succès, dans l'écriture, puis, après avoir déchiré ce que je venais d'écrire, l'avoir jeté en boule à l'autre bout de la table :

— Qu'est-ce que tu nous as fait ? l'interpellai-je à haute voix. Qu'est-ce que tu as fait de nous ?

Ma mère dormait dans la pièce à côté, d'un sommeil douloureux entrecoupé de pleurs. Le réveil, que j'avais posé près de moi sur la table, indiquait une heure trente du matin. Mon père était mort depuis deux jours.

Vraiment, comme le dit Las Casas dans ses Mémoires, c'était *un temps étrange à nul autre pareil.* Je venais d'avoir trente-quatre ans. Chaque jour, la télévision nous apportait un lot de nouvelles angoissantes, dont les échos de violence semblaient se rapprocher. À l'Université, une sorte de désenchantement morbide se répandait parmi les étudiants, et nous-mêmes étions atteints. Avec Marie, les fins de semaine, sans trop savoir pourquoi, nous sortions moins souvent que par le passé, et, lorsque cela nous arrivait, c'était généralement pour retrouver des amis, qui se répartissaient en deux camps à peu près égaux, certains s'efforçant de trouver du travail sans y parvenir, tandis que les autres désespéraient de quitter le leur, sans oser s'y résoudre. De tous côtés, l'impression dominait que n'importe laquelle de nos existences pouvait à tout instant basculer dans le cauchemar, sans, pour autant, cesser d'être aussi morne, banale et ennuyeuse qu'auparavant.

Je n'étais plus jeune, sans être déjà vieux; c'était l'âge des perspectives étroites et définitives, et j'éprouvais une honte confuse, le soir, en regardant les publicités qui m'invitaient encore à l'enthousiasme, comme si mes réticences, pour discrètes qu'elles fussent, avaient eu quelque chose d'obscène et d'inadmissible. J'avais éprouvé les premières manifestations d'un découragement de ce genre près d'un an plus tôt, lorsque, relisant les pages de *Christophe Colomb, logique de l'inconnu*, ouvrage auquel je m'étais à de multiples reprises efforcé de donner forme à partir de ma thèse déjà ancienne, j'avais enfin accepté l'évidence que je n'en viendrais jamais à bout. J'avais alors appelé mon éditeur, pour l'avertir de ma renonciation au contrat qu'il me proposait, et, dès le lendemain, je m'étais rendu dans ses bureaux pour lui signer un chèque de remboursement équivalant à l'à-valoir perçu. Je me souvenais de mon état d'esprit, quelque huit mois auparavant, lorsque en compagnie de Marie et d'Étienne, l'ami historien qui m'avait introduit dans la maison d'édition, j'avais fêté au champagne la réception de cette somme. Voilà qui annonçait, pensais-je alors, le tournant attendu de ma carrière, la victoire définitive sur la malédiction familiale qui m'avait frappé. J'allais être autre, enfin, que ce que j'avais toujours été ! Mais, pour ceux qui ont grandi dans l'injustice et n'ont rien connu d'autre, pour ceux à qui l'on n'a eu de cesse, dès l'origine, de démontrer leur peu de valeur, la négation de tout droit à l'existence, et à quel point l'ostracisme dont ils sont victimes est justifié — pour ceux-là, les dés sont pipés : ils ne croiront jamais assez en eux-mêmes pour devenir autre chose que ce qu'ils sont. Maintenant, sans en avertir ni Marie, mon alliée de toujours, ni Étienne, qui m'avait aidé à obtenir ce chèque, je rendais l'argent, et tout rentrait dans l'ordre. Je reprenais ma place, pour autant que je l'avais jamais quittée. Je perdais tout intérêt pour l'enseignement, cette tâche que j'avais jusqu'à présent considérée comme une étape nécessaire mais provisoire, et qui, je le comprenais maintenant, constituerait mon statut social jusqu'à la retraite.

J'étais sans entrain. Et c'est à cette même période, que, sans rien comprendre à ce qui se passait, en dépit de treize années d'une fidélité conjugale aussi satisfaisante qu'indéfectible, je me retrouvai dans le lit d'une Brésilienne inconnue, de dix ans plus jeune que moi, qui s'appelait Elena.

Je la rencontrais après les cours, trois fois par semaine, je la retrouvais certains soirs, quand Marie s'absentait ou quand je parvenais à inventer une raison valable pour sortir, et c'était comme une fuite face à ma démission, un désir de vie qui contrebalançait la défaite — une frénésie sexuelle, aussi, telle que je n'en avais jamais connu... Une régression infantile, me disais-je en essayant de me raisonner. Cela durait maintenant depuis près d'un an, j'y assistais comme de l'extérieur, effondré par la conscience de tout ce que je risquais ainsi de détruire — pourquoi est-ce que je ne me battais pas plus contre moi-même pour finir mon livre ? Pourquoi est-ce que je n'en parlais pas à Marie ?

Non que j'aie jamais été prude. Quelque profonds que fussent les sentiments qui nous unissaient, Marie et moi, personne ne vit treize années de mariage sans se poser de questions sur la fidélité. Nous avions ensemble plus d'une fois envisagé les conséquences de ce qui se produirait si, un jour, l'un de nous deux devait avoir une aventure. Nous étions d'accord sur le fait que, pour l'un comme pour l'autre, la situation qui en résulterait serait moins grave que la tromperie elle-même, aussi, tant que nous pourrions en discuter ensemble, jugions-nous, quoi qu'il arrive, rien ne nous menacerait réellement. En un mot, le dialogue était le socle de notre couple — un couple certes harmonieux, mais conçu par deux adultes responsables qui savaient que la vie conjugale nécessite un effort quotidien, qu'elle n'est pas exempte de pièges, deux adultes assez lucides pour accepter d'avance la possibilité d'un accident, comme peuvent l'accepter la plupart des gens de notre âge, trente ans après la révolution sexuelle. Mais c'était peut-être justement en raison de cette maturité que je me trouvais désarmé. Si nous avions imaginé, pour l'un ou pour l'autre, l'éventualité d'une aventure sentimentale — avec un début, un milieu, et, si possible, une fin —, si nous avions, même, évoqué l'hypothèse d'une brève passade sensuelle, aucun de nous deux n'aurait pu concevoir la vulgarité ridicule de l'obsessionnelle histoire de cul, dont je me découvrais maintenant tout à la fois l'acteur et la victime abasourdie.

Eh oui, pensais-je au bout d'un an d'adultère échevelé, assis sous le buste grimé de mon père et m'efforçant en vain de rédiger son éloge funèbre, oui, le tragique (et, en ce qui me concernait, vu la manière dont les choses avaient tourné, j'estimais que le mot n'était pas trop fort), la tragédie, ce n'était rien d'autre que cela : une situation stupide, dénuée de grandeur et de dignité, une de ces mauvaises plaisanteries dont nous avions le secret dans la famille, de celles dans lesquelles mon frère était passé maître depuis l'adolescence, tandis que moi, à la traîne comme d'habitude, j'essayais, bien modestement, de suivre.

J'étais en seconde année de fac lorsque nous nous sommes connus, Marie et moi ; je l'avais rencontrée à la bibliothèque de l'Université, et nos premiers rapports avaient été ceux d'un amour studieux : elle, l'Italie et la péninsule Ibérique du XVe siècle finissant, moi, Aristote et Pline l'Ancien, chacun faisait réviser à l'autre ses cours, dans des discussions qui, en ce temps-là, nous semblaient à tous deux stimulantes et passionnées. J'avais passé mon enfance et mon adolescence dans la plus grande solitude, je n'avais jamais parlé avec personne comme je le faisais avec Marie, et la découverte que l'on pouvait, avec une attention affectueuse, s'intéresser à ce que je faisais, que l'on pouvait même, dans une certaine mesure, m'admirer pour cela, joua un rôle déterminant dans le choix que je fis de lui demander de m'épouser. Si quelque chose m'a attiré chez elle, en définitive, c'est moins son sex-appeal — dont elle peut faire preuve, comme n'importe qui d'autre, je ne vais pas prétendre que mon épouse est dénuée de charme... —, mais c'est moins cela, que cette beauté intérieure, calme, pondérée, profonde, qu'à mon sens bien peu de femmes possèdent, et qui me paraissait déjà, à l'époque, le meilleur garant d'une relation durable... Et c'est cette confiance que j'étais en passe de détruire. Cette confiance ! Cette confiance qui m'avait aidé à vaincre le souvenir pénible de mon enfance, l'ostracisme arbitraire et méprisant que mes parents m'avaient témoigné au bénéfice de mon frère, et je la détruisais — et je l'ai détruite ! — sans le moindre motif.

Elena allongée sur le lit achevant d'enlever la petite culotte qu'elle me jette au visage, et déjà suppliante, se caressant seule tandis que j'en suis encore à me déshabiller — Elena s'asseyant sur la table de réunion du bureau d'Étienne, écartant les cuisses — Elena retournée sur la moquette de son petit deux-pièces tandis qu'à genoux derrière elle je la pénètre, les deux mains plaquées sur ses seins : en plein cours, au lit avec Marie, chez mes parents le dimanche quand nous allions déjeuner, n'importe quand, à l'instant le moins prévisible et le moins approprié, le corps d'Elena jouissant venait s'interposer entre moi, et ce que j'étais en train de faire. Et je devais parfois me lever de table et m'enfermer dans les toilettes pour essayer de me calmer ! Et il y avait là une telle grossièreté, un tel étalage d'obscénité stupide et fascinée, qu'il m'était impossible d'en parler. Le livre que j'aurais écrit, si j'avais pu y consacrer ne fût-ce que la moitié de l'énergie avec laquelle je m'efforçais de réprimer mon obsession ! Et tout ça pour quoi ? Pour quoi ? Bien sûr, Marie et moi, nous avions nos difficultés — qui n'en a pas en treize années de mariage ?... Marie savait parfois être violente, et puis il faut compter avec les aléas traditionnels de la vie de couple, la lassitude... Une de nos sources de dispute les plus fréquentes, par exemple, c'était mon incapacité à être ponctuel. À l'inverse, Marie poussait le sens de l'organisation et des convenances si loin qu'il m'arrivait d'en être excédé. Mais rien ne justifie ce que j'ai fait — rien, que nous ne puissions surmonter à force de patience et de concessions... Il y avait le fait que nous ne parvenions pas à avoir d'enfants. Ça ne s'expliquait pas, d'ailleurs. Passé la première année infructueuse, Marie avait consulté plusieurs gynécologues, tandis que de mon côté, je faisais analyser mon sperme dans trois laboratoires successifs, sans que les résultats indiquent quoi que ce fût d'anormal pour aucun de nous deux. C'était bien là le seul mystère de notre couple. Cela nous rendait tristes lorsqu'il nous arrivait d'y penser — personnellement, et pour absurde que cela fût, je ne pouvais m'empêcher de vivre cette étrange impuissance comme une sorte de résurrection des vieilles injustices de mon enfance que j'avais crues conjurées mais, en fin de compte, nous n'y pensions pas si souvent. C'était plutôt comme une ombre, le rappel d'une vague menace, le sentiment diffus que rien de tout ce que j'avais cru bâtir ne durerait, peut-être, et que, sous l'écorce de cette existence calme, heureuse, et somme toute normale, que je m'étais construite avec l'aide de ma femme, le chaos veillait. Le chaos familial, le caveau familial, ses cendres irrationnelles, ses monstres.

Je ne sais pas ce que j'avais. Lors de notre premier dîner, trois jours seulement après notre rencontre, j'avais invité Elena au restaurant des Grandes Marches, à la Bastille, où une nuée de garçons s'affairait immédiatement autour de vous avec un empressement censé justifier les prix. J'avais passé les jours précédents dans un état de fébrilité tel que Marie s'en était rendu compte, et que j'avais dû bâtir une explication à la hâte : tension nerveuse, période d'examen, mon discours à préparer pour le colloque dont j'avais inventé l'existence en prévision de cette soirée —, au cours de laquelle, je dois dire, mon excitation, loin de vouloir se calmer, atteignit au contraire son comble, avec une ostentation qui m'avait toujours semblé jusque-là le monopole médiocre et peu enviable des célibataires professionnels.

Après avoir choisi une petite table discrète, près d'une fenêtre dont la vue donnait sur le génie de la Bastille, de manière à ménager une échappatoire touristique, si par malchance la conversation s'enlisait, j'avais conseillé à Elena le foie gras, agrémenté d'un verre de sauternes, et le gigot d'agneau, avant de commander un saint-émilion à plus de trois cents francs. La note au restaurant s'était élevée à neuf cent quatre-vingt-cinq francs — j'en avais laissé cinquante supplémentaires en guise de pourboire —, mais Elena, à ma grande surprise (surprise légèrement froissée tout de même), n'avait pas eu l'air de trouver cela particulièrement remarquable. Peut-être voyait-elle tous les restaurants français comme j'imaginais les fazendas du Brésil, paradisiaques et luxueuses ? À moins qu'elle ne fût habituée au faste, tout simplement.

Après le dîner, j'avais également acheté une bouteille de champagne dans une épicerie nocturne. Nous étions revenus chez elle, et là, tout en remplissant deux petits verres qui n'étaient absolument pas faits pour le champagne, sous le pouvoir conjugué de l'alcool, de l'argent que j'avais dépensé, et des yeux brillants qu'elle posait sur moi, je m'étais lancé. Je ne mentais pas, du moins pas exactement. Même si la bobine des souvenirs que je déroulais était présentée en cinémascope et technicolor, tout y était à peu près exact : mon travail sur Colomb, mes contacts avec un éditeur pour le faire publier — mais je passai sous silence ma toute récente désertion à ce sujet —, les conférences auxquelles je participais, le travail de perfectionnement auquel je soumettais mon texte, la rigueur avec laquelle je préparais mes cours, contrastant de façon si flagrante avec le niveau toujours plus bas de mes étudiants, sans oublier bien sûr, en toile de fond, l'impayable hauteur de vues, l'implacable distance analytique, que j'étais le seul à posséder sur mon pays... Non, je n'étais pas n'importe qui, ce soir-là ! J'avais un avis sur tout ! Je pouvais même répondre aux questions que personne ne se posait ! « Ce n'est plus ce que tu crois, pérorais-je doctement en face d'une Elena qui faisait mine de s'extasier sur la France. On vit une espèce de crise, ici, pas un jour sans un nouveau scandale, pour ne rien dire de la situation sociale, les choses sont telles que j'ai déjà envisagé sérieusement la possibilité de vivre ailleurs, tu sais. » Le brillant professeur à demi allongé, sirotant son champagne ! Oh, il en savait des choses ! Mais du piège qu'il se tendait, ça non. De cela, il n'avait pas la moindre idée.

Où se situe la frontière au-delà de laquelle on devient opaque à soi-même ? Christophe Colomb à la fin de sa vie — il pensait encore avoir débarqué en Chine, le brave homme. Ça paraissait si simple. Trois caravelles, un petit océan, des livres à profusion. Et jamais il n'a su ce qu'il avait fait, jamais il n'a été conscient du choc qu'il avait provoqué. Quant à moi, je ne me souviens même pas de notre premier baiser. Je sais que je lui tenais la main tandis qu'elle parlait — avais-je déjà remarqué ses doigts très fins, ses ongles discrètement faits, le premier contact avec sa peau ? —, elle disait en anglais qu'il serait peut-être plus prudent d'attendre pour être vraiment sûrs de ce que nous voulions, et malgré cette prudence qu'elle invoquait, tout en parlant nous nous caressions. Ensuite, je la revois debout, se dirigeant vers la chambre et me tournant le dos, et je l'entends encore constater, sans me regarder, d'une voix si neutre qu'elle en devenait par contraste terriblement excitante : « I'm very wet. »

Aller la chercher à l'Alliance française, l'emmener dîner à Montparnasse les soirs où Marie était absente, lui faire visiter Paris, puis Créteil (je donne mes cours à la fac de Créteil), Créteil et son Novotel.

« Gostoso », « gostosa » — adjectif familier légèrement vulgaire qualifiant l'objet d'un désir auquel on ne peut résister —, mon premier rosa, rosam, rosae, en portugais.

Quoi d'autre ? Ses appels à sa mère en PCV depuis son petit deux-pièces. Pas un mot de ce qu'elle racontait ne m'était accessible, mais tandis que l'appartement s'emplissait d'échos ultramarins, je voyais la fille que je venais de coller contre le mur, redevenir la jeune femme sérieuse, maîtresse d'elle-même, que j'avais rencontrée sur les Champs-Élysées, à la recherche de la banque qui détenait ses comptes numérotés.

Une semaine environ après avoir signé le chèque de remboursement à mon éditeur, je sortais d'un déjeuner avec mon oncle Jacques, qui habitait tout près de là. Je ne sais quelle perversion m'avait poussé à lui rendre visite, car nous nous voyions habituellement très peu. Mon oncle est assez connu pour ses livres. Récits d'enquêtes journalistiques, ouvrages sur Israël, sa réussite sociale tranche de façon si flagrante avec la vie de mon père, que cela ne pouvait qu'accroître mon propre sentiment d'échec — sans compter qu'il connaissait très bien l'éditeur auquel je venais de renoncer, et qu'il avait eu vent de mon projet de publication. Avec lui aussi j'avais passé sous silence ce qu'il fallait bien considérer pour moi comme une défaite, et, au sortir de ce déjeuner, mon état d'esprit ne s'était guère amélioré.

Je descendais l'avenue à pied. C'était un jour beau et froid de février. Une lumière de miel gelé coulait sur l'avenue. Elle se tenait assise de l'autre côté de la devanture d'un fast-food. Sandwich encore inentamé posé près d'un gobelet fumant de thé, sur le Formica blanc d'une petite table individuelle. Un manteau d'hiver assez laid dissimulait entièrement ses formes, elle avait de grands yeux un peu étirés en amande, des lèvres épaisses, des cheveux raidis par le froid qui disparaissaient dans le col de son manteau relevé autour du cou, une allure générale vaguement étrangère. En arrière-plan, des serveuses en uniforme s'affairaient près de la caisse dans des odeurs de croque-monsieur et de bière tiède. Chacun de l'autre côté de la vitre, nos regards se croisèrent brièvement, puis, sans rien prévoir encore de ce que j'allais faire, j'optai pour le bistrot mitoyen, où je choisis une table près de la fenêtre, orientée de telle sorte que je l'apercevais derrière la sienne. Au bout d'une quinzaine de minutes, je la vis apparaître sur le trottoir. Elle parut hésiter un instant, avant de remonter les Champs-Élysées de ce pas lent caractéristique des touristes désœuvrés. Je me levai, sans me poser la moindre question, et même, fait exceptionnel pour quelqu'un comme moi, sans penser à quoi que ce soit.

Je me souviens que j'eus peur un instant qu'elle ne s'engouffre dans le métro, mais, quand je vis qu'elle poursuivait sa route, je la rattrapai rapidement. Une fois à sa hauteur, je la doublai, d'un pas pressé, sans lui accorder un regard, puis je poursuivis mon chemin, à la même vitesse, jusqu'au drugstore, où je pouvais l'attendre en toute sécurité — le drugstore est un lieu de rendez-vous classique, il y a toujours une dizaine de personnes en train d'attendre on ne sait quoi, je n'éveillerais donc pas l'attention en me mêlant à eux. Je regardais à droite, à gauche, comme si j'avais rendez-vous, de manière à ne pas laisser voir que je la guettais, puis, lorsque enfin elle s'approcha de ce même pas flâneur, à nouveau je cherchai son regard.

J'aurais probablement rebroussé chemin si, comme je m'y attendais, comme c'était le plus plausible, elle avait poursuivi le sien sans m'accorder la moindre attention, et je serais rentré à la maison pour retrouver Marie, et préparer mes cours. Mais pour incroyable que cela me parût alors, lorsqu'elle passa devant moi elle me sourit franchement, puis poursuivit sa route sans plus se retourner, comme certaine que j'allais la suivre et l'aborder. Alors, à cet instant et pour la première fois de ma vie, je perdis tout contrôle sur ce que j'étais en train de faire.

La première chose que je sus d'elle fut qu'elle s'appelait Elena, qu'elle avait vingt-sept ans, qu'elle arrivait du Brésil pour suivre à Paris des cours de français en vue d'un diplôme de traductrice, et qu'elle cherchait sa banque. Elle accepta que je l'accompagne, ce que j'interprétai aussitôt comme un signe favorable. Toute opération bancaire a quelque chose d'intime, me semble-t-il, surtout lorsqu'elle est effectuée par une jolie femme, et, même si je n'y participais que de façon marginale, je trouvai à cette intimité un caractère d'autant plus fort qu'elle était illicite. En sortant du Banco do Brazil, j'avais déjà le sentiment que nous formions un couple.

Je l'invitai à prendre un verre dans l'un des bistrots qui bordent la place de l'Étoile. Je n'ai pas gardé le souvenir de cette première conversation ; nous échangeâmes, j'imagine, les propos habituels de deux inconnus qui cherchent à se rapprocher l'un de l'autre, elle me parla de ses études à la Sorbonne et à l'Alliance française, du dépaysement qu'elle éprouvait à vivre en Europe, et aussi du Brésil, pays sur lequel je n'avais que des connaissances historiques et livresques. Pour ma part, je fus sur mon mariage aussi discret que le recommandait la situation. Cela se passait un jeudi. Elle devait partir le lendemain pour la Suisse régler d'autres affaires d'argent tout aussi confuses, si bien que nous convînmes d'un rendez-vous pour le début de la semaine suivante.

Aux alentours de vingt heures, ce lundi soir, une nuit pluvieuse et noire déjà sur toutes les rues, Marie persuadée que je me trouvais à Brest pour un colloque quelconque sur l'imaginaire fantastique des premiers navigateurs au XVe siècle, je franchissais le Pont-au-Double, et marchais contre le vent jusqu'à l'immeuble qu'elle m'avait indiqué. Combinaison moulante, mélange de short et T-shirt dessinant ses seins, sa taille, ses fesses, et découvrant très haut le cuivre léger de ses jambes, ouvrant la porte, elle fit un pas en arrière pour me laisser entrer. Habillée comme elle l'était, je ne pouvais pas ne pas remarquer l'espèce de lumière lente et voluptueuse que sa chair exsudait, ni la grâce un peu molle de cette féminité intense, presque insupportable qui la faisait se mouvoir, sereine, légèrement négligée, tandis qu'elle me précédait dans l'appartement, comme un grand oiseau ou un chat d'une espèce inconnue.

L'appartement, prêté par des amis français, était à peu près vide, à l'exception d'un fauteuil, de quelques étagères où elle avait empilé des cassettes, d'un matelas posé à même la fine moquette, près d'une petite télévision portative noir et blanc, à côté desquels s'étalaient en désordre des cahiers et des livres de traduction à demi ouverts. « C'est provisoire, m'expliqua-t-elle dans son anglais lusophoniquement arrondi. Je cherche autre chose.» Elle dénicha un fond de whisky qu'elle partagea entre deux verres, nous nous assîmes par terre, elle face à moi dans la position du tailleur, de sorte que je devais me faire violence pour ne pas laisser mon regard plonger entre ses cuisses.

Ce qu'elle me raconta d'elle ce premier soir tenait à la fois de l'image d'Épinal et du mensonge par omission. Enfance à la campagne, dans une fazenda du centre du Brésil, que dans mon état d'esprit du moment, j'imaginais mi-cabane de bois, mi-maison à colonnades, cernée par un mélange imprécis de savane et de forêt, avec des arbres gigantesques, au sommet desquels elle glissait fesses et sexe prépubères contre les plus grosses branches, à la recherche de Dieu sait quels fruits exotiques dévorés dans une explosion juteuse qui lui collait les doigts.

Non, je ne sais pas ce que j'avais. Je me souvenais de la Malinche dansant au son des tambours, je me souvenais du Paradis, je savais qu'il me manquait beaucoup d'éléments pour me faire une idée plus cohérente et réaliste d'Elena, mais que savais-je après tout du Brésil, ce pays dans lequel on pouvait à la fois vivre à la ferme et posséder des comptes numérotés, commencer des études à vingt-trois ans tout en travaillant dans l'immobilier, mener une existence traditionnelle, et passer près de quatre ans entre deux aéroports, ainsi que l'avait fait Elena au cours de ses multiples et longs voyages, un an à San Francisco pour perfectionner son anglais, plusieurs mois au Mexique, en Argentine, en Suisse, et maintenant en France ? Des deux photos qu'elle me montra d'elle ce soir-là, l'une, prise dans une salle de sport de São Paulo, la représentait en plein stretching, dynamique et active, tandis que sur l'autre, en noir et blanc, avec sa longue robe à fleurs dont les pans venaient se perdre en vagues romantiques sur le sol, et le sourire figé, à vrai dire presque idiot, dont elle gratifiait l'objectif, elle ressemblait à ce que devait être sa mère à son âge, à l'époque des premières télénovelas. Et s'il y avait une chose frappante sur ces clichés, c'est que l'on ne pouvait imaginer deux personnes plus antagonistes. D'un côté, la fille de famille, paysanne, analphabète, en attente de mariage, élevée dans les traditions étouffantes d'un pays du tiers-monde, de l'autre, la jeune femme américanisée, reléguant la mémoire au rayon des accessoires inutiles et encombrants. Chacune menait une existence contraire, dans des pays dissemblables.

Ou bien ce que je prenais pour une mystification, pour une fuite, ou pour une forme de dissociation, n'était-il rien d'autre que le reflet de ma propre fuite et de ma duplicité ? À dater de cette soirée en effet, moi qui, pas plus que mon père, n'avais été fichu, en trente-quatre années d'existence, d'élaborer le moindre mensonge, moi qui avais passé ma vie à me battre pour me faire reconnaître, malgré l'envahissante présence de mon frère, moi qui, pour cela, avais toujours misé, contrairement à lui, sur l'effort, sur le travail, sur le bon droit et sur l'honnêteté, voici qu'enivré par la facilité avec laquelle je parvenais à tromper la seule personne au monde qui m'ait jamais aidé dans ce combat, ma femme, voici qu'à mon tour, je me mettais à forger une série de mensonges.

Le temps que je passais avec Elena était en effet, dans l'esprit de tous, consacré au travail sur mon manuscrit. Afin de justifier mes absences, tant les après-midi où Marie savait que je n'avais pas de cours, que certaines soirées où je ne rentrais pas avant une heure du matin, j'imaginai une période d'écriture intense, que mon livre réclamait. Pour m'y consacrer avec le maximum de sérénité et de concentration, prétendais-je, il me fallait m'isoler dans un petit bureau indépendant de notre maison. J'avais poussé le soin du détail assez loin, car le bureau existait bel et bien : il appartenait à Étienne, l'ami qui m'avait mis en contact avec mon éditeur. Le local était le siège d'une petite association politique qu'il avait fondée avec quelques collègues.

Étienne, qui, pour une raison obscure, m'avait pris en amitié dès mon arrivée à Créteil, était, comme moi, historien, mais spécialisé, lui, dans l'histoire du fascisme, et plus spécialement dans le régime de Vichy. C'était même à dire vrai légèrement obsessionnel. Né en 1947, d'un père milicien, il avait passé une bonne partie de son existence à se révolter contre cet héritage, ce qui l'avait conduit, d'abord, aux premiers rangs des manifestations étudiantes en 68, puis dans plusieurs organisations d'extrême gauche, avant de se consacrer à l'enseignement de l'Histoire. À près de cinquante ans maintenant, il avait certes cessé de militer, mais continuait d'entretenir autour de lui une atmosphère vaguement libertaire. C'est-à-dire qu'il se laissait pousser les cheveux loin sur la nuque, buvait bière et alcools forts durant ses week-ends, en compagnie d'amis journalistes, ou plus ou moins artistes, chanteurs de rock, écrivains de romans noirs politiquement engagés. C'était avec eux, et quelques professeurs de sciences humaines, qu'après avoir constaté la montée des mouvements d'extrême droite en France, il avait fondé cette « association de documentation, de vigilance et de lutte contre le fascisme », ainsi qu'il l'appelait, à laquelle, malgré son insistance, j'avais toujours refusé d'adhérer. Officiellement, leurs travaux consistaient à archiver tous les écrits du genre, mais je savais, parce que Étienne me l'avait laissé entendre, qu'il leur arrivait aussi de faire le coup de poing contre certaines manifestations d'extrême droite ; ils avaient même saccagé des librairies spécialisées.

Quoi qu'il en soit, malgré mon refus, nous étions suffisamment amis pour qu'il accepte de me prêter les clés de son bureau, certains soirs où je prétendais vouloir m'isoler pour écrire. C'était là, dans ces quatre-vingts mètres carrés où s'entassait la documentation fasciste, au milieu de tracts racistes et chauvins — il y avait même une vieille affiche pétainiste en évidence, accrochée au mur par dérision —, c'était là que je recevais Elena, le soir, quand nous n'avions pu nous retrouver au Novotel de Créteil. De sorte que s'il prenait à ma femme l'envie de me passer un coup de fil, ce qui arriva effectivement deux fois, elle me trouverait bel et bien au poste.

J'avais donc tout prévu — tout, sauf l'évidence que rien de tout cela ne pouvait durer. Même si je parvenais à garder secrète cette liaison, il me faudrait bien finir un jour par exhiber ce manuscrit fantôme, et alors, tôt ou tard, la vérité éclaterait.

Je me souviens d'un de ces soirs où Elena m'avait rejoint. J'avais apporté une demi-bouteille de champagne que nous vidions ensemble, tout en contemplant, depuis le petit balcon du bureau d'Étienne, les toits de Paris. C'était un de ces moments très tendres qui surgissaient entre nous de façon de plus en plus régulière, me laissant croire que ce qui se passait comptait plus pour moi que je ne voulais bien l'admettre. Peut-être ne me centrai-je sur l'aspect sexuel de notre aventure que pour mieux me dissimuler la réalité, et la profondeur de ce que j'éprouvais en réalité ? À moins, ajoutai-je immédiatement, que ce ne fût le contraire, que le sexe fût bel et bien tout ce qui me guidait, moi qui, jusque-là, n'avais jamais accordé la moindre importance à cela ? Savoir à qui je mentais le plus, et quand je le faisais, commençait à devenir difficile.

« Ça c'est le vrai Paris », disait Elena sans me regarder. « Le vrai Paris romantique et mon chéri français », ajouta-t-elle, se coulant contre moi, et nous commençâmes à nous embrasser longuement, avec beaucoup de douceur, tandis que je la ramenais à l'intérieur du bureau, la soulevais délicatement, la déposais sur la table qui devait servir aux réunions des compagnons politiques d'Étienne, entreprenais de lui retirer ses jeans tandis qu'elle s'affairait sur mon pantalon, bientôt roulé en accordéon sur mes chevilles. Nous nous étreignions dans des gestes de plus en plus passionnés, rapides, brutaux, une succession de souffles et de mains affolées, sans que nous sachions qui décidait de quoi, ou qui choisissait quoi, et brusquement, alors qu'Elena s'était retournée (alors que je l'avais retournée ?), alors que je me trouvais maintenant derrière elle, sur elle, avant de savoir ce que je faisais (avant de savoir ce qu'elle me demandait de faire ?), je me découvris en train de la sodomiser.

Elle avait crié, ou bien moi. Juste devant nous, il y avait l'affiche, la tête du Maréchal au-dessus d'une série de silhouettes avec le slogan épais qui surplombait le tout : «*Soyez un bon Français*». Je la maintenais plaquée contre la table, lui laissant tout juste la possibilité de remuer mais pas assez de liberté pour se dégager, à moins qu'elle n'en eût pas le moins du monde l'intention, malgré les efforts qu'elle faisait pour tenter de se redresser, peut-être ses mouvements étaient-ils destinés à m'aider, peut-être ne savait-elle pas ce qu'elle voulait, peut-être était-elle aussi partagée que je l'étais moi-même, cherchant l'un et l'autre à nous dégager de cette emprise alors que chacun de nos mouvements pour y parvenir nous enchaînait un peu plus. Puis, penché sur elle, au comble d'une excitation écœurée, détournant les yeux un bref instant, j'entrevis mon image ahanante reflétée par la vitre obscure de la pièce. Le pantalon baissé, et sur les épaules le manteau d'hiver que je n'avais même pas pris la peine de retirer, durant une fraction de seconde, ce ne fut pas moi que j'aperçus, ce fut mon père. Mon père, tel que je l'avais vu cinq ans plus tôt, dix-huit mois après sa dernière représentation de Louis XVI, la chemise de nuit ouverte sur sa nudité. Presque exactement la même silhouette que celle qui me faisait face dans la vitre, alors qu'il se remettait d'une opération de la prostate l'obligeant à se précipiter aux toilettes toutes les cinq secondes.

J'étais venu lui rendre visite le troisième jour

après son opération. Il bénéficiait d'une chambre individuelle, au sixième étage de l'hôpital Saint-Antoine. Il m'avait reçu en peignoir, assis dans l'unique fauteuil de la chambre face à la petite table de repas. Quatre jours sans une goutte d'alcool. Quatre jours sans la bouteille de vin qu'il ingurgitait à chaque repas depuis près de quinze ans, et cela suffisait pour qu'il cesse d'être autre chose que son propre fantôme. À sa demande, ma mère lui avait apporté quelques photos de sa jeunesse, qu'il étalait devant lui lorsque j'entrai. « Qu'est-ce que tu veux, commentait-il, moi, pour coucher avec une femme, j'ai besoin d'être amoureux d'elle, sinon ça ne marche pas. » Je ne savais pas trop à quoi il faisait allusion. Est-ce qu'il essayait de faire le bilan de sa vie sentimentale, ici, dans cette chambre d'hôpital, sous la menace de séquelles irréparables après l'opération qu'il venait de subir ? Des images que je ne me souvenais pas d'avoir jamais vues : lui, à vingt-cinq ans, lui à trente. Élégant, les cheveux courts et très noirs, avec des yeux qui étaient comme un concentré d'énergie, de sensibilité, d'intelligence — un regard pétillant qui pouvait sans nul doute séduire. Regrettait-il de n'avoir pas suffisamment profité des occasions qui avaient pu se présenter à lui ? Combien y avait-il de femmes, dans son passé, avec lesquelles il n'avait pas osé, ou avec lesquelles il n'avait pas pu, ou pas voulu, ou... ? Tout ce sur quoi il avait tiré un trait. Tout ce sur quoi *moi*, j'avais tiré un trait, jusqu'à ma rencontre avec Elena ! (Je l'empêchais de se redresser, bloquant d'une clé le bras avec lequel elle s'efforçait de se dégager.) Comment avais-je pu perdre autant de temps ? Comment avais-je pu être si semblable à lui, alors qu'il ne m'avait jamais accordé la moindre importance ?

Mais avant de trouver le courage de lui parler, ce jour-là — non que mon père ait été en quoi que ce soit impressionnant, pour moi, mais mon frère, lui, l'était : impossible dans cette chambre d'hôpital d'oublier que ce n'était pas à moi d'être là mais à lui, et que si mon père me parlait, c'était en quelque sorte par défaut, impossible de ne pas me rendre compte que j'occupais une place usurpée ! —, alors que j'essayais de me décider, mon père avait dû s'interrompre, et, se précipitant, bafouillant une excuse empruntée, il s'était engouffré dans les toilettes sous l'effet d'un accès d'incontinence provoqué par l'opération. Ensuite, — ç'avait été si brusque qu'il n'avait pas pris le temps de fermer la porte —, se tournant vers moi, le peignoir encore ouvert, dans l'embrasure de la porte, il avait dit, avec un sourire satisfait qui ne cadrait pas du tout avec ses paroles : « Moi j'étais un romantique dans l'âme, tu sais. »

Et telle est la silhouette que j'entrevis dans la fenêtre l'espace d'un instant : moi-même, dans la position de mon père, le manteau d'hiver faisant office de peignoir, à ce détail près que j'étais en train de sodomiser Elena. *Soyez un bon Français.* Un romantique. Et à nouveau nous criâmes dans le noir, elle de refus, moi de plaisir, à moins que ce ne fût l'inverse.

Un peu plus tard, je m'efforçais de récupérer, le visage contre le mur, honteux. Elena, après s'être relevée brusquement, s'était réfugiée en courant dans les toilettes. Elle s'était enfermée, et j'attendais son retour sans savoir quoi penser. Qui avait décidé de ce qui venait de se produire ? Ce que je venais de faire pouvait-il être assimilé à un acte de violence ? Il lui fallut cinq bonnes minutes pour sortir, elle marcha alors sur moi d'un air décidé, s'arrêta à quelques centimètres seulement. Décoiffée, le visage encore rouge, elle me fixait si intensément que je dus me forcer pour ne pas lever la main en un geste de protection contre la gifle qui, j'en étais certain, allait s'abattre. « Je n'avais jamais fait ça avant, tu sais, fit-elle soudain, d'une voix bizarre et altérée. C'est incroyable, non ? Jamais. Tu es le premier. » Puis elle m'embrassa.

Moins de deux mois plus tard, mon père était mort.

En apprenant la nouvelle, ma première idée fut que c'était moi qui l'avais tué.

Ma duplicité, mon infidélité, cet accès de violence survenu si peu de temps auparavant (et que je n'avais jamais osé répéter, ou que je n'étais jamais parvenu à répéter, malgré quelques suggestions d'Elena en ce sens), bref, toute mon attitude, j'en étais persuadé, avait attiré d'une quelconque manière le malheur sur nous. La soudaineté jouait son rôle dans cet accès de superstition, mais tous les efforts que je pouvais faire pour essayer de me raisonner ne servaient à rien. J'éprouvais l'étrange sensation de m'être installé dans cette mort avant qu'elle ne se produise. J'avais le sentiment d'avoir, sans m'en rendre compte, préparé les pièges qui dessineraient pour moi son vrai visage. Et bien sûr, comme j'aurais dû le prévoir, c'est au moment précis où je pris conscience de la nature de ces pièges — et je ne parle pas ici de mes mensonges, je parle de mon état d'esprit, si enclin à se vouloir coupable —, c'est à ce moment-là, donc, que mon frère fit brusquement surface.

Au terme d'une nuit atroce passée entre l'hôpital où l'on avait inutilement transporté mon père, et l'appartement de Bobigny où j'avais dû ramener ma mère — et où je m'étais installé, tant pour m'occuper d'elle que pour fuir l'emprise d'Elena sur moi en un moment pareil —, je m'étais rendu jusque chez Marc pour l'avertir de ce qui s'était passé.

Cela faisait plusieurs années déjà que nous ne savions plus grand-chose de la vie de mon frère. De temps à autre, je découvrais sa signature au bas d'un article, lorsqu'il parvenait à décrocher un travail d'appoint au sein d'une rédaction, et, dans l'intervalle, j'avais droit à mon lot de coups de téléphone, environ trois fois dans l'année, quand il lui fallait m'emprunter de l'argent, rembourser une dette, ou payer son tiers provisionnel. Pour le reste, nous savions qu'il avait vécu deux ans avec une juriste du nom de Lucile, que depuis leur séparation il louait un petit deux-pièces place de la Nation, seul, sans amie attitrée — mais avec, m'avait-il confié un jour, une kyrielle de numéros de téléphone pour soirées solitaires —, sans vrai travail, pour autant du moins que l'on pouvait s'en rendre compte, lorsqu'il lui arrivait, exceptionnellement, de venir dîner chez mes parents. Il s'asseyait alors d'un air condescendant, mangeait peu, avant de nous quitter rapidement, non sans avoir assené, à l'admiration indéfectible de ma mère, du bout des lèvres et d'un ton méprisant, quelque vérité laconique, quelque phrase définitive sur l'état du monde, qu'il observait disait-il depuis les salles de rédaction, et qu'il nous jugeait trop frustes ou trop stupides pour se donner la peine d'expliquer.

J'avais généralement beaucoup de mal à garder mon calme face à ce comportement arrogant. Je ne m'avisais toutefois guère de lui reprocher quoi que ce soit, parce que alors, c'était à Marie que j'avais ensuite affaire. Si ma femme détestait mon frère au moins autant que celui-ci la méprisait, ce qu'elle détestait plus encore, c'était de me voir « entrer dans son jeu », selon son expression.

— J'ai vraiment épousé le fan-club d'un petit délinquant, disait-elle sur le chemin du retour, quand nous sortions de chez mes parents après un nouvel esclandre de ma part.

— Mais écoute, rétorquais-je, tu as vu son attitude ? Je n'allais pas rester sans réagir.

— Tu ne vois pas que c'est exactement ça qu'il cherche ? Il n'a rien à dire, rien à faire, il suffit qu'il soit là, et vous en faites le centre de tout ! Foutez-lui un peu la paix ! Il a trente-cinq ans, putain !

— C'est bien ce qu'il y a de plus lamentable, concluait, tout en conduisant, le professeur responsable et fidèle, son épouse à ses côtés, ses projets d'écriture devant lui, ne perdant jamais une occasion de marquer sa différence avec l'existence dissolue de son frère.

Le soir où mon père mourut, je cherchai à joindre Marc toute la nuit au téléphone sans y parvenir. Je ne sais pourquoi cela me paraissait soudain si urgent de lui parler. Je crois que si je l'avais pu, je me serais effondré devant lui. J'étais si bouleversé par cette mort, et par le sentiment aberrant d'en être responsable, j'étais dans un tel état d'abattement et d'angoisse, que, s'il m'avait laissé faire, je lui aurais sans doute tout raconté : Elena, mon manuscrit bidon, cette vie que je menais, qui me pesait beaucoup plus que je n'étais capable de m'en rendre compte, et à laquelle la mort venait ajouter un surcroît insupportable. Au fond, j'imagine, malgré tout ce qu'il pouvait faire, Marc restait tout de même pour moi le frère aîné, ce gosse que dans notre enfance je ne pouvais me retenir d'admirer, malgré les faveurs injustes dont il bénéficiait à mes dépens, à moins que ce ne fût justement à cause d'elles. J'allais me battre dans la cour de récréation quand les autres se moquaient de sa légère claudication. Je lui confiais tous mes secrets. Je lui donnais mes jouets avant même qu'il me les demande. Mon amour pour lui donnait un sens à l'ordre injuste dont il jouissait. Sans doute provoqués par la mort de mon père, des souvenirs de ce genre se pressaient en moi le lendemain matin, tandis que ma mère, abrutie de douleur et des sédatifs que je lui avais administrés sur les conseils du docteur, s'endormait enfin, et que je me rendais chez Marc, rue de la Plaine, pour trouver porte close.

J'attendis une demi-heure environ avant de me résoudre à convaincre le gardien de m'ouvrir, ce que j'obtins non sans mal. Je regrette d'avoir à le dire au passage, mais le concierge, petit, trapu, la moustache revêche et portugaise, le verbe court et méchant, avait exactement l'allure et l'attitude auxquelles on peut s'attendre de la part d'un concierge, c'est-à-dire celles d'un flic au rabais, et ce n'est pas sans une certaine gêne qu'à sa suite je pénétrai dans le salon du petit appartement de mon frère.

Je n'étais venu ici qu'une seule fois auparavant, pour l'aider à emménager, mais j'avais immédiatement trouvé à cet endroit quelque chose de morbide. Cela ne tenait pas seulement à la couleur de la moquette, trop fine et d'un gris plombé, ni aux murs d'une blancheur sale, ni même à l'absence presque totale de meubles. C'était une impression plus diffuse, comme s'il n'y avait eu ici en réalité personne de réellement vivant, comme s'il s'était agi d'un lieu vide, le lieu d'une absence.

Et ce sentiment était encore renforcé, maintenant, par l'ordre inhabituel qui y régnait. Le lit japonais dans la chambre semblait impeccable. Le bar du salon était nettoyé, vide de toute trace de beuverie. Sur le bureau reposaient quatre minces piles de papiers parfaitement rangées, ainsi qu'un tas de vieux journaux que je feuilletai rapidement, et parmi lesquels, en plus du *Monde*, de *Libération* et du *Figaro*, j'eus la surprise de découvrir plusieurs exemplaires de *Minute*. Dans la bibliothèque, les livres s'alignaient sans faille, sur des étagères propres et dépoussiérées. La baignoire de la salle de bain était lavée de frais, ainsi que les toilettes, il y avait un rouleau de papier neuf accroché au mur, et même la cuisine affichait un ordre inquiétant.

— Personne n'est venu ? demandai-je au concierge. Personne ne lui a rendu visite ?

— Non, personne, non, fit-il, hochant la tête violemment comme si je l'avais accusé de quelque chose.

— Il avait un sac ? Des bagages ? Est-ce que vous l'avez vu partir ?

— Non. Je l'ai pas vu. Ni ma femme. Je vous ai dit, ça fait des mois que personne il l'a vu.

À travers les cloisons peu épaisses, nous pouvions, le concierge et moi, entendre le remue-ménage des voisins dans le couloir, sortant de chez eux pour commencer une journée de travail, ou bien accompagnant leurs enfants à l'école primaire toute proche, et, ces bruits familiers accroissant encore le silence de l'appartement, nous nous regardions comme des voleurs prêts à se dénoncer mutuellement.

J'entraînai le gardien dans le couloir, nous redescendîmes ensemble l'escalier, jusqu'au rez-de-chaussée, où il avait sa loge. Je le plantai là, devant sa porte entrouverte, par laquelle j'eus le temps d'apercevoir un petit salon-cuisine, où traînait un divan défoncé, près d'une télé déjà allumée, et, dans cette débauche de couleurs criardes, son épouse, aussi petite et boulotte que lui, qui tentait d'enfourner une cuillerée de compote dans la bouche dégoûtante d'un nouveau-né. Tandis que je m'éloignais rapidement, je sentis le regard du gardien peser sur moi, et je sus qu'il enregistrait le moindre de mes gestes, ma démarche, mes vêtements, tout comme il avait enregistré ceux de mon frère, auparavant : dans l'unique but d'éprouver à nouveau le plaisir de se taire, au cas où quelqu'un d'autre viendrait l'interroger.

Mais qui viendrait? Qui s'intéresserait à nous? Une fois dans la rue, je marchai sans savoir quoi faire en direction de la galerie marchande désaffectée, place de la Nation, qui sert maintenant d'abri aux clochards du coin. Je vis une prostituée rachitique et son client s'enfermer dans les sanisettes publiques. C'était son quartier, c'était là qu'il vivait. Pour peu qu'il prenne à mon frère l'envie de disparaître tout à fait, rien ne lui serait plus facile à exécuter, et nous n'aurions plus aucun moyen de le retrouver. Cela arrive paraît-il tous les jours. Des gens disparaissent sans raison. Marc n'avait à ma connaissance pas le moindre travail régulier. Je ne savais rien de ses amis, rien de sa vie, rien de ses soucis. Comment pouvait-on ignorer tant de choses de son propre frère? Mon père tout juste mort, mon frère, Dieu savait où, et moi, enlisé dans les mensonges... J'avisai une cabine téléphonique, d'où j'appelai Lucile, son ex-amie, la seule à avoir partagé son existence, la seule, également, de cela j'étais sûr, qui pût peut-être encore me renseigner.

Lucile, qui travaillait à la direction générale d'une banque d'affaires où je savais la trouver, avait peu de temps à me consacrer, mais, vu les circonstances, elle accepta de me rencontrer, et me fixa rendez-vous dans un petit bistrot miteux de la rue d'Avron qu'elle connaissait, où je l'attendais en laissant refroidir un café trop amer. Les habitants du quartier étaient pour la plupart immigrés. Une majorité provenait d'Afrique noire, en situation plus ou moins irrégulière, j'imagine, à en juger par leur allure où flottait quelque chose d'incertain. Une petite pluie fine tombait sur la rue. Le bistrot était sale, pratiquement désert, à l'exception de deux Arabes, au bar, jouant à la loterie, et d'une petite vieille assise à une table devant un verre de blanc. Le caissier avait des ongles noirs.

J'avais rencontré Lucile cinq ou six fois à l'époque de leur vie commune, et je me souvenais d'une petite femme brune, très mince, toujours en retrait dans l'angle le plus obscur qu'elle pût trouver, affichant une timidité farouche qui mettait tout le monde mal à l'aise. La femme aux gestes lents, aux longs cheveux auburn ramenés sur une épaule, qui s'assit à mes côtés, avait fort peu à voir avec ce souvenir.

— Désolée, fit-elle avec un sourire que je ne lui connaissais pas, je suis un peu en retard... Tu as l'air surpris.

— Non, je... Enfin... Tu as changé.

— Ah oui? Oui, on change...

Elle commanda un café elle aussi, avant d'ajouter :

— Je suis vraiment désolée pour ton père.

— Merci.

— Ça doit être très éprouvant.

— Je n'ai pas dormi de la nuit.

— Marc n'est au courant de rien, naturellement ?

— Je ne sais pas du tout comment le prévenir. J'arrive de chez lui. Tout est en ordre, presque trop quand on le connaît, et il a pris tous ses vêtements.

— Pourquoi est-ce qu'on s'inquiète comme ça à son sujet? Tu peux me le dire? Même dans des circonstances pareilles ! Pourtant, si quelqu'un n'a besoin de personne...

— Je ne le voyais pas très souvent, ces derniers temps...

— Personne... répéta-t-elle.

— Tu connais des gens qu'il voyait? Des amis ?

— Quoi? Non. Non, je ne sais pratiquement rien de sa vie.

— Tu n'as pas de nouvelles depuis, enfin, depuis votre séparation?

Alors elle me fixa lentement, d'un sourire incrédule, et j'eus le sentiment qu'elle me voyait pour la première fois.

— C'est une ombre ton frère, tu sais. Ce n'est pas quelqu'un de réel.

Son profil pâle contre la vitre du bistrot tandis qu'elle détournait le visage et avalait son café. Il y avait un petit filet de rides sous ses yeux, et dehors, le temps était à pleurer. Je ne comprenais pas ce qu'elle venait de dire. À beaucoup d'égards, c'était la phrase la plus absurde que j'aie jamais entendue.

— Il a toujours été au centre de tout, rétorquai-je.

— Vivre avec lui, c'était comme vivre seule. Mais en pire.

Une ombre. Qu'est-ce que je cherchais à savoir, exactement?

— Je ne voudrais pas, dis-je, être trop indiscret.

Elle reposa sa tasse d'un geste brusque, puis, comme si elle ne m'avait pas entendu, farfouillant dans son sac et déposant sur la table devant moi un petit fascicule d'une soixantaine de pages :

— J'ai reçu ça la semaine dernière à son intention. Je ne sais pas si ça peut te servir.

— Qu'est-ce que c'est?

— Bien que nous soyons séparés il m'arrive encore de recevoir du courrier pour lui. Il leur donne quelques articles de temps à autre. Je n'en sais pas plus.

Je touchai la chose du bout des doigts pour l'orienter dans ma direction, et m'assurer du titre, que j'avais déchiffré à l'envers. *Revue de la Nouvelle Histoire.*

— Je ne savais pas qu'il était devenu historien, ricanai-je.

Pour toute réponse, Lucile haussa les épaules en un geste d'ignorance.

— Je te l'ai dit, je n'en sais pas plus, ajouta-t-elle en faisant signe au garçon. Puis : Marc n'a jamais rien fait pour moi, tu sais.

La famille, pensai-je. Et je me sentis malgré moi courber les épaules.

— Il restait là, sans bouger, sans rien dire — à peu près comme tu es en train de le faire en ce moment. C'est quelqu'un que j'oublie.

Et, tandis qu'elle payait pour nous deux et se levait pour enfiler son manteau, soudain à nouveau rayonnante, elle agita le bras en direction d'un homme qui poussait la porte du café :

— Ah, voilà François. Je lui avais dit que nous serions là.

Je me levai à mon tour pour saluer le dénommé François, au bras duquel Lucile s'était immédiatement accrochée, comme pour mettre de la distance entre elle et moi. Un mètre quatre-vingt-dix, blond, la poignée de main énergique, le sourire direct, François était aussi différent de mon frère qu'on peut l'être. Il respirait l'énergie, l'initiative, la détermination, et aussi, à en juger par son manteau, un certain confort matériel. Au sourire, on le devinait raisonnablement cultivé, sympathique, et son regard brillait d'humour contenu — un parfait modèle pour annonce matrimoniale.

— Nous allons nous marier fin mai, dit Lucile, comme si elle m'avait entendu penser.

— Félicitations.

Après qu'elle m'eut présenté comme «le frère de Marc», qui venait de perdre son père, je notai que le sourire compatissant du bon François se teintait d'une nuance évaluatrice, où je crus lire un mélange de curiosité et de répulsion. Auprès de ceux qui le connaissaient, le nom de mon frère fonctionnait apparemment comme un sésame à l'envers : on fermait le sas de sécurité, et je me trouvais, moi, du côté le plus dangereux, exposé à toutes les contagions.

— Il faut qu'on y aille, je crois, dit François.

Lucile ajouta en me serrant la main :

— Je suis vraiment désolée — et son ton me fit douter qu'elle parlât uniquement de mon père.

— Je comprends.

— Tout ça c'est de la vieille histoire, pour moi, tu sais.

— Je comprends tout à fait.

À présent, la revue est posée sur la table avec le reste de ce que j'appelle, assez pompeusement, ma documentation : mes notes éparpillées. Quelques tracts révisionnistes fournis par Étienne. Le testament olographe de mon père, rédigé de sa petite écriture indéchiffrable qui semble toujours vouloir s'écraser elle-même et disparaître dans le papier. Son portrait en Louis XVI accroché au mur, les photos de sa jeunesse devant moi. La documentation juridique fournie par Luddmeyer, et même, absurdement, ce *Christophe Colomb* inachevé que je n'ai pu m'empêcher d'emporter. Plusieurs semaines ont passé depuis ces trois premières nuits dans le salon de mes parents où j'ai rédigé l'éloge funèbre de mon père, mais c'est toujours ici que je suis, coincé dans cette pièce et dans cette nuit, à devoir écrire quelque chose que je ne peux pas me résoudre à écrire.

Plusieurs semaines ont passé depuis que j'ai vu Lucile et François disparaître dans leur BMW, sans plus un regard dans ma direction, et que je suis resté seul, devant la porte du bistrot, sous la pluie, avec la certitude qu'ils m'avaient déjà oublié, et le sentiment d'avoir été renvoyé dans les cordes de la pathologie fraternelle. Il était midi, je me sentais sale, ma conscience s'embourbait dans les heures de l'insomnie passée. Je me dirigeai vers le métro, la revue dans ma poche. Et ce n'est qu'une fois sous terre, attendant la rame à la station Buzenval où se croisaient tristement des gens des antipodes, ce n'est qu'à ce moment que je me suis décidé à la regarder de plus près.

« *Et pourquoi n'aurions-nous pas le droit, nous*

aussi, de poser des questions ? Pourquoi nous interdit-on de nous interroger sur la validité des récits qui nous sont transmis ? Considérons l'attitude de nos adversaires, ces rétractations, ces brusques changements de cap, ces explications constamment changeantes où nul ne sait ce qui appartient au registre des faits, et à celui de l'imagination. Ce à quoi nous avons affaire ici n'est pas une simple fiction. Et ce n'est pas non plus une pure série de mensonges. »

J'ai relu ce texte dix fois peut-être, et toujours avec la même incrédulité. Je le relis encore maintenant, assis à la table de la salle à manger de mon enfance, mobilier acquis par mes parents après guerre, quand il fut avéré que leur propriétaire légitime, cousin germain de mon père, avait définitivement disparu à Auschwitz. Tout est resté inchangé. Bien que nous ayons déménagé de multiples fois, les étagères de mon enfance sont fixées au mur de la même manière disparate, ornées de ces mêmes petits bibelots fort laids qui ressemblent à des jouets, que mes parents ont achetés au fil de leurs congés payés dans les boutiques à touristes, et qu'ils ont toujours affectionnés — statuettes, vases miniatures, décorations artisanales informes... Le tout encadre les photographies de mauvaise qualité représentant pour l'essentiel mon frère, enfant puis adolescent. La seule concession à l'âge adulte est un cliché de moi avec Marie au début de notre mariage, une image qui va bien, finalement, avec le toc qui l'entoure. La télévision est le meuble le plus imposant, le seul réel en fait : un petit écran de 50 cm seulement, que le volume sonore poussé au maximum métamorphose en mastodonte. Plus loin, dans l'enfilade du vestibule, un bref couloir perpendiculaire débouche sur les chambres : à gauche, celle de ma mère — qui y dort en ce moment même —, avec son miroir en pied, son petit secrétaire, son armoire et ses romans policiers, à droite, le bureau-bibliothèque où mon père s'était installé un petit lit, dans lequel, depuis qu'il était à la retraite, il s'isolait presque chaque nuit pour lire, feuilleter les vieilles pièces qu'il avait jouées, cultiver ses souvenirs, et finalement s'endormir, avec, au-dessus de sa tête, ce Louis XVI à l'heure de la décapitation.

Je sais qu'il me faut écrire pour régler définitivement les affaires de mon père, cette absurde histoire de testament pour un héritage qui n'intéresse personne et surtout pas ses bénéficiaires, mais je n'arrive pas à m'y résoudre. Après chaque tentative, je me lève, je m'approche de lui. Je l'observe, dans son cadre photographique, plus minutieusement que je ne l'ai jamais fait de son vivant. La maquilleuse a cru bon de lui poser une mouche à la commissure des lèvres, petite tache noire qui fait ressortir la blancheur livide du talc sur les joues. Sa bouche, amincie par le fard rouge vif, a quelque chose de féminin. Il y a dans son regard comme un air de reproche, de défaite et de gloire.

La nuit de sa mort, après son inutile admission aux urgences de l'hôpital Tenon, je m'étais précipité dans sa chambre, et j'avais obtenu des infirmières qu'elles me laissent seul quelques instants en sa compagnie. Repoussant le drap, je l'avais découvert dans le petit lit, la bouche ouverte sur une dernière tentative pour respirer, et au-dessus du sourcil droit, la blessure très apparente qu'il s'était faite en tombant dans la cuisine, victime d'un imprévisible et foudroyant infarctus, alors qu'il s'apprêtait à se servir son verre de vin du soir. Cette plaie, la laideur béante de sa bouche, la position disharmonique de son corps crispé par l'agonie, tout cela lui conférait quelque chose de vivant, et il m'avait fallu toucher sa peau déjà durcie pour m'assurer qu'il ne l'était plus. J'étais resté comme ça sans bouger, sans pleurer, ma main sur son front, sur son épaule, sur sa poitrine, jusqu'à ce qu'une infirmière me fasse doucement sortir de la chambre.

Quatre jours plus tard au cimetière, dans son cercueil laissé ouvert en attendant l'heure de la crémation, vêtu d'un costume bleu que je ne lui connaissais pas, d'une cravate de même couleur et d'une chemise blanche, la plaie disparue sous le maquillage, les joues comme trouées, la bouche close, vidé par la mort, artificiellement travaillé par les employés des pompes funèbres, qui lui avaient mis du coton dans le nez et les oreilles pour empêcher des écoulements obscènes, le visage de mon père avait quelque chose de si étranger que j'avais eu du mal à le reconnaître. C'était une face bizarre, inhumaine, dont certains traits se retrouvaient sur cette photo. Perruqué, maquillé maintenant pour l'éternité dans l'attente d'une guillotine de carton-pâte, à la fois vivant et mort, présent et absent, tel qu'au fond, je l'avais toujours connu : aussi incapable de répondre à mes questions que l'auraient été, si je les avais interrogés, un masque sauvage, ou le météore tombé d'une planète lointaine.

Ses absences étaient proverbiales dans la famille. Il lui était arrivé plus d'une fois de descendre au coin de la rue pour acheter des cigarettes ou du pain, et de remonter sans avoir franchi le seuil de la boulangerie ou du bureau de tabac. Une nuit qu'il devait rentrer de tournée, je devais avoir huit ans, mon frère dix, le téléphone avait sonné, et ma mère, qui l'attendait depuis plusieurs heures, avait décroché, paniquée à l'idée qu'un accident était survenu. Mais non : sur le chemin du retour, il avait tout simplement oublié de descendre à la gare. Le train l'avait emmené sans qu'il s'en rende compte jusqu'au terminus, si bien qu'il se trouvait coincé à Strasbourg, dans l'attente d'un second train qui le ramènerait à la maison.

«Je suis communiste comme je suis juif», disait-il, me laissant me débrouiller tout seul avec les conclusions possibles et antinomiques que je pouvais tirer d'une telle phrase. Non que l'honnêteté de son engagement fût en cause. S'il avait adhéré au PC pendant la guerre, il avait conservé sa carte bien après que le reste de la famille eut rendu la sienne, et ses accès de révolte, devant les courbes du chômage et la dégradation des conditions de vie, avaient des accents profondément sincères. Bien sûr, ses colères nous semblaient déphasées, particulièrement depuis quelque temps, alors que tout ce contre quoi il s'était battu gagnait chaque jour du terrain. À quoi pouvait-elle bien ressembler, à présent, cette culture populaire à laquelle il avait dédié sa vie, dans une banlieue telle que celle qu'il habitait lui-même, où les trois quarts de la population parlaient des langues qu'il ne comprenait pas ? Avec ses livres, sa culture classique dont les références indéfectiblement bourgeoises allaient contre ses convictions politiques, et des convictions qui, elles-mêmes, se heurtaient chaque jour un peu plus à la réalité, il faisait depuis longtemps l'effet d'une sorte de SDF existentiel. Pourtant, il restait rigoureux dans la débâcle, et, après l'effondrement du mur de Berlin, il a continué d'acheter *L'Humanité* tous les jours, par fidélité à un idéal, qu'il avait peut-être au fond de lui toujours su illusoire. «Je ne suis pas comme toi, monsieur Je-sais-tout, disait-il à mon frère au cours de ces disputes houleuses qui se poursuivaient entre eux depuis l'adolescence. Moi, ma nature me porte à croire aux valeurs et au sens de l'Histoire. Je n'ai aucun goût pour le nihilisme de l'époque... »

Lui, avant ma naissance, juste après celle de mon frère, tous trois à table avec ma mère, en compagnie de mon oncle et ma tante. Sur la photo, bras croisés, le visage tourné vers le nourrisson qu'est alors son unique fils, mon père contemple, avec une fierté ostensible, le fruit de ses œuvres. Qui aurait imaginé que les choses tourneraient de cette manière, entre eux deux? Ils ne m'attendaient pas. Je suis, comme je l'ai assez entendu dire, le fruit d'un « accident ». Je le sais, je l'ai toujours su, mais sur cette photo je peux le voir. Le regard victorieux avec lequel il couve Marc!... À sa droite, il y a un lourd poste de TSF. J'imagine que cette place est celle qui lui est dévolue en permanence. Tous les jours, matin, midi et soir, il s'assied là, il tourne le bouton de la radio pour écouter les informations, d'un geste autoritaire que je ne lui ai jamais vu. Pas de vin sur la table. Non, personne n'aurait imaginé la suite.

Mon frère doit avoir six mois au plus sur cette photo. 1959 : la dernière des années de la reconstruction et de la réconciliation nationale. Quelles étaient les fées de l'Histoire qui s'étaient penchées sur le berceau de ce nourrisson, et avaient veillé à sa conception? *Soyez un bon Français.* Pétain n'est plus là, mais le slogan, lui, n'a pas disparu pour autant. Chez tous ceux qui se sont efforcés de retrouver le chemin d'une existence normale, chez tous ceux qui se sont efforcés d'oublier ce qui s'est passé quelque vingt ans plus tôt, il est même plus que jamais à l'ordre du jour. Et tout le monde voulait oublier. Les collaborateurs voulaient oublier ce qu'ils avaient fait, les indifférents ce qu'ils n'avaient pas fait, et les résistants ce qu'ils avaient parfois été contraints de faire. Quant aux Juifs, du moins quant à ceux qui, comme mon père, étaient parvenus, non sans mal, à passer entre les mailles du filet, leur désir d'oubli était multiplié par dix — à la hauteur de la facture qui leur était présentée, maintenant que tout était fini. Nous n'étions pas en Pologne, ici, nous n'étions pas en Allemagne, ni en Roumanie. Grâce à l'assimilation, malgré le Vél d'Hiv, et malgré les lois raciales, les deux tiers environ des Juifs français avaient échappé à la déportation. La réconciliation nationale commandait à présent de rentrer dans le rang, de rejoindre le troupeau dont on avait été un moment exclu — un accident, là aussi. N'insistons pas trop sur ce qui a failli arriver. Somme toute, rien, puisque l'on était encore vivant. Après la clandestinité et la honte, l'humiliation non seulement d'avoir dû vivre cela, mais aussi de s'en être tiré, et de devoir se taire : telle était l'impayable facture adressée à chacun de ceux qui avaient eu la chance, ou l'horreur, de sauver leur peau. Tout ce qu'il fallait faire pour échapper au souvenir, et, plus encore, tout ce qu'il fallait *ne pas* faire ! Qui sait sur quel abîme aurait pu déboucher le moindre faux pas ? Qui sait ce qui se serait produit, si l'on avait dû se dire que, peut-être, on n'était pas tout à fait comme les autres ? Que l'on était le produit d'une histoire spécifique, et dangereuse ? On changeait de nom pour effacer l'insaisissable cauchemar de la différence. On se lançait à corps perdu dans le travail. On fondait la famille la plus conformiste qui soit. Le but, c'était d'atteindre à cet état inaccessible et extraordinaire que constituerait une existence ordinaire. L'anormale condition qui consistait à être normal. Tel était l'héritage, telle était la tâche proprement sisyphienne à laquelle s'était attelé mon père au cours de cette décennie, que son fils venait clore comme une miraculeuse apothéose. Marc était le visage de l'oubli. Il était le premier habitant de cette île d'utopie baptisée la Normalité.

Être le plus normal possible. Supérieurement normal, excessivement normal. Être meilleur en tout et être comme tout le monde. Est-ce que c'était ça, l'explication ? Quoi que je puisse penser de mon frère aujourd'hui, il faut tout de même porter à son crédit ce qu'une éducation pareille avait d'impossible. Je l'avais entendu se faire sermonner et menacer un nombre incalculable de fois, tant en raison de son mauvais comportement, que de ses résultats scolaires pitoyables, et les menaces étaient à la hauteur du rôle qu'on lui avait attribué. (De ce point de vue, bien sûr, j'ai pour ma part bien peu de mérite à me situer du bon côté de la barrière : personne ne m'a jamais rien reproché. Que mes bulletins scolaires fussent excellents ou catastrophiques, que je m'inscrive en histoire ou prépare un CAP de plomberie, que j'achève mon livre sur Colomb ou que j'en fasse des confettis, tout le monde dans la famille s'est toujours foutu de ce que je pourrais bien devenir. Toute ma vie, j'ai désiré être coupable.)

Est-ce contre cela que Marc s'était révolté ? Mais non : j'invente, je récris l'Histoire ! Il n'y avait que moi pour envier les sermons moralisateurs dont il était la victime ! Pour y voir un signe d'élection ! Lui, au contraire, l'intervention diplomatique de sa mère en faisait un innocent absolu ! Pardonné d'avance ! Normalisé d'avance, quoi qu'il fasse ! Ses obligations étaient énormes, mais les ambitions que l'on avait pour lui ne l'étaient pas moins ! Tellement évident, qu'il ferait des choses importantes ! Nul doute qu'il deviendrait quelqu'un de remarquable ! Futur grand journaliste, avocat, défenseur de la justice, du droit... Qui aurait osé lui interdire quoi que ce soit ? Il fallait le comprendre ! Il fallait être indulgent ! Et lui, pendant ce temps-là : sûr de lui jusqu'à l'inconscience, trop heureux d'être le centre des préoccupations familiales, goguenard, tandis que s'opposaient à son sujet des théories contradictoires, il développait un goût prononcé pour la mystification et le mensonge... Que, pour complaire à mes parents, des professeurs bien intentionnés appelaient « imagination créatrice »... Oh, nous étions séduits, dans une certaine mesure, je ne vais pas prétendre le contraire... À dix ans, il inventait des histoires pleines de personnages mystérieux, qu'il me demandait d'espionner pour son compte, et moi, bonne pomme, je me faisais punir à sa place pour m'être introduit chez les voisins de palier... Couteaux à manche rétractable, capes, masques, chapeaux, accessoires avec lesquels nous nous accoutrions... Scène pour scène, illusion pour illusion, était-ce réel, pour lui, tous ces trucs que mon père nous ramenait du théâtre ? Je me souviens qu'un été, on avait joué *Les Joyeuses Commères de Windsor* au festival de Valréas, et nous l'avions accompagnée, Marc et moi, ainsi que les autres enfants de la troupe, parce qu'on nous avait demandé de figurer les anges de l'ivresse et du dérèglement qui tournent autour du héros après qu'il a trop bu. Le spectacle achevé, et bien qu'il ne fût resté sur scène que quelques minutes, mon frère s'était mis à manifester une agitation tout à fait anormale, dans la loge. Il s'était acharné, comme sur la scène, courant après l'acteur jusqu'à ce que ce dernier s'énerve et que mes parents interviennent, et alors il s'était mis à trépigner, il avait été pris d'une incompréhensible crise de nerfs, comme s'il n'avait plus su faire la distinction entre le personnage de théâtre et le comédien réel. Je dois dire que plus jamais par la suite je ne l'ai vu manifester une émotion.

Dans l'adolescence, il m'emmenait draguer tous les ans à la foire de Besançon, dans les stands d'autos tamponneuses, ou au centre d'hébergement pour jeunes filles fugueuses. Les séries télé, les manifestations unitaires, sa vocation justicière, son éducation privilégiée... Malgré la véritable panique qui avait saisi mes parents au vu de sa scolarité catastrophique, à seize ans, imperturbable, il déambulait encore dans son royaume messianique de slogans, de stands pour le Vietnam, de merguez-frites, et de petites copines faciles, le regard braqué sur son avenir doré... Monsieur Super-normal. Eh bien, en tout cas, voilà où cela l'avait conduit, apparemment. Voilà où il en était arrivé.

« *Tous ces récits,* a-t-il écrit, le petit génie, *tous les récits autour des chambres à gaz sont sujets à caution. Indépendamment de leur degré de véracité, qu'il faudrait étudier cas par cas, ils sont constitutifs d'un mythe. Et ce mythe est celui du prétendu Holocauste, dont la fonction n'est autre que de nous censurer, en nous imposant une morale dépassée.* »

Il en a écrit dix pages comme ça, mon frère.

Auschwitz, un mythe théologique, par Marc Weitzmann.

En découvrant ça dans le métro, j'avais tout de même reçu un choc.

Goût du travail facile et de la provocation ! Morgue héritée d'une enfance surprotégée... Et voilà ! Voilà le résultat ! Pas besoin de signer, en ce qui me concernait : au premier coup d'œil, j'avais reconnu l'arrogance ! La prétention sarcastique de son style ! Ce côté donneur de leçons qu'il a toujours eu ! Oh ça, il a toujours été beaucoup trop velléitaire pour défendre la moindre cause, fût-ce celle des négationnistes ! Il est tout bonnement incapable au fond de lui d'être quoi que ce soit de manière convaincante, sinon le produit standard des générations de cette fin de siècle... Et puis il y a le titre, bien sûr — *Revue de la Nouvelle Histoire*. Comment ne pas lire une manière de message personnel ? Comment ne pas y voir l'expression de la vieille rivalité fraternelle ? Un autre genre de négation — plus intime, sans doute, mais, pour moi, pas moins violent. Dans la famille, c'était qui, l'historien ? À qui l'Histoire avait-elle servi de refuge ? Ce domaine, c'est moi qui l'avais peuplé à ma fantaisie, de rêves, de continents nouveaux, d'Amériques fabuleuses où je m'échappais pour fuir ma solitude et l'indifférence de ma famille à mon égard... Et si j'avais eu le moindre doute quant à l'auteur de l'article, ce titre aurait achevé de me convaincre. *Revue de la Nouvelle Histoire !* Je l'avais su dès que je l'avais eu sous les yeux : ce n'était pas seulement Auschwitz qu'il attaquait, ce n'était pas seulement l'Holocauste qu'il cherchait à nier — c'était moi ! Moi qui, contre toutes les prophéties paternelles, m'étais construit une vie, m'étais marié, avais achevé mes études, exerçais une profession que j'aimais, alors que mon frère, encore révolté, à trente-cinq ans, par la perte de ses illusions d'enfance, n'en finissait plus de s'embourber.

Et c'est cette existence patiemment arrachée à l'indifférence familiale, cette existence qui pour moi était le fruit d'un long combat contre l'injustice, c'était précisément cela que, sans l'attendre, j'avais entrepris de ruiner.

Et maintenant que j'en suis là, moi aussi, séparé de ma femme, avec un métier auquel je ne crois plus, des ambitions sabordées, et sur les épaules tout le poids de ce que je n'ai pas eu, maintenant que j'en suis à l'écrire et que je bascule chaque nuit dans cette torpeur vague et pleine de cauchemars qui n'est ni vraiment du sommeil, ni plus tout à fait de la veille, il m'arrive de penser que tout cela est lié, que si mon frère est une énigme pour moi, j'en suis, à mes propres yeux, une autre, et que la solution se trouve ici, autour de moi, dans tout ce que je voudrais, et ne sais pas dire, m'asseyant à cette table, et à peine assis, me relevant, écrivant et déchirant ce que j'ai écrit, affrontant des possibilités de moi-même toutes également vraisemblables, et toutes invraisemblables.

Chapitre 2

LE MIROIR AUX ABSENCES

Sa stratégique arthrose auditive. S'il était à demi sourd, il était loin d'être muet. Un geste vers son oreille, l'air de ne rien entendre, et ça vous clouait préventivement le bec. On en était réduit à quelques onomatopées, ponctuations indispensables au rythme du soliloque doubrovskyen. « C'est ici que tout a commencé, disait-il, englobant d'un geste large les vieux immeubles du Marais immortalisés par un anonyme photographe. Max avait son échoppe dans une de ces boutiques. »

Je connaissais l'histoire pour l'avoir lue dans ses livres, et j'attendais qu'il se taise. Ses livres : que j'avais lus, à contrecœur, mais que j'avais lus, comme nous les lisions tous. Avec cette déférence obligée pour le mythe familial. Cette gratitude inquiète pour celui qui avait donné ses lettres de noblesse au malaise des origines, quitte à en payer le prix fort. L'histoire : celle de Max Weitzmann, mon arrière-grand-père, premier d'une longue lignée de fils aux pères absents mais trop lourds, noyau lyrique de la geste familiale, survivant miraculeux des pogroms et de l'abandon paternel. Une enfance solitaire passée sur les routes d'Europe, de Dombrowicz à Odessa, puis de là jusqu'à Athènes où il était devenu casquettier avant de s'embarquer pour les États-Unis, sur un bateau qui s'était échoué à Marseille, en raison d'une épidémie de typhus, après quoi ç'avait été Paris, puis, sans doute guidé par la seule langue dans laquelle il pût se faire comprendre, le pletzl, la rue des Écouffes, que nous contemplions, mon cousin et moi, près d'un siècle plus tard.

— Un autre monde, tu comprends, disait Doubrovsky. C'étaient des gens différents, hauts en couleur.

Serge et Serge : mon père, sa distraction, sa timidité, son désir obsessionnel de normalité, son air de toujours s'excuser d'être là, son rôle de cadet laissé pour compte. Et son cousin, Doubrovsky, son envahissante présence littéraire, ses pittoresques aventures sexuelles, son rôle de fils, unique et choyé, lui aussi, lancé, comme il me l'annonça d'emblée ce jour-là, dans ce qui serait son dernier livre, au titre testamentaire de *Laissé pour conte*. Malgré la similitude de leurs prénoms, ils étaient si différents l'un de l'autre qu'il devenait difficile de ne pas les associer. D'un côté, la gêne qu'avait éprouvée mon père pour sa profession un peu particulière, son obstination à en gommer toute trace d'originalité afin que nous puissions mener une existence ordinaire. De l'autre, l'exhibitionnisme de Doubrovsky, n'hésitant pas à se produire sur le plateau de Bernard Pivot après la mort dramatique de sa femme...

À l'époque où Doubrovsky entamait sa psychanalyse, partait à l'assaut de son premier manuscrit, des premiers salons parisiens, et de son premier divorce, mon père, lui, sous prétexte de nous assurer un revenu régulier, avait déjà abandonné toute prétention au succès. Il avait déserté les théâtres de la capitale pour l'existence grise d'un fonctionnaire de province, il s'était fait embaucher dans l'un de ces petits centres dramatiques subventionnés, créés par Malraux à l'aube des années soixante, et qui avaient connu durant près de trente ans une certaine vogue dans les milieux de gauche.

Je le revois, dans mon enfance, tandis que nous assistions, par télé interposée, aux exploits des autres membres de la famille. Je le revois partir le matin, rentrer le soir, son cartable à la main, le nœud de cravate impeccable, ou bien, après s'être enfermé de longues heures dans son bureau afin d'apprendre ses rôles, déambuler de pièce en pièce, se murmurer à lui-même ses textes, à la façon d'une langue étrangère, un dialogue inaudible. Il y avait eu la guerre, oui, mais le problème remontait plus loin, sans doute. Comme l'écrit Doubrovsky, à propos de sa mère, la tante de mon père, qui elle aussi avait eu des prétentions théâtrales avant son mariage, dans les années vingt : «*Pour être comme tout le monde, il faudra faire un effort supplémentaire, être plus français qu'un Français. Un juif tient un rôle : normal qu'il veuille être acteur... (Mais) si l'on a horreur des gens qui se donnent en spectacle, on ne peut pas faire de théâtre. Un juif qui se fait voir est un juif mal vu*», conclut celui qui ne perdit jamais une occasion de se montrer, et qui, pour l'heure, s'efforçait de rester fidèle à sa légende.

— Je vais tout reprendre, m'avait-il annoncé, tandis qu'à peine entré je m'asseyais dans l'un des vastes fauteuils au cuir usé qui meublaient son bureau. J'y mettrai des choses que je n'ai jamais dites. Tout cracher une bonne fois, tu comprends. Deux ou trois ans de travail encore, et puis ce sera l'an 2000, quoi, hein, il sera temps de s'arrêter.

Il paraissait en bien meilleure forme qu'au cimetière. Je l'avais alors trouvé terriblement vieilli. Sous le coup de l'émotion peut-être, sa voix tremblait comme celle d'un vieillard, il changeait les piles de son appareil auditif au beau milieu de la conversation, il interrompait son interlocuteur pour s'enfoncer un doigt dans l'oreille, c'était un geste quelque peu répugnant, toutefois il paraissait y prendre un certain plaisir

À présent, son costume noir abandonné pour un léger blouson de cuir printanier ouvert sur une chemise rayée rouge, il semblait rajeuni. Son corps, massif, quoique voûté par l'âge, se déplaçait avec une rapidité déconcertante, et ses mains, tachées de son, dessinaient dans l'air des cercles nerveux lorsqu'il parlait, d'une voix redevenue parfaitement ferme. Comme il était beaucoup plus grand que moi, il lui fallait se pencher, et il me fixait alors d'un regard bizarre, à la fois de haut, en raison de sa taille, et comme surgi d'en bas, de sous la couche protectrice de ses sourcils en quelque sorte, et cela donnait à toute son allure une espèce d'intensité assez impressionnante. Seul rappel de son infirmité, ce geste régulier qu'il faisait vers l'oreille, accompagné d'une grimace soulignant l'effort auquel il se soumettait pour m'écouter, et où l'on pouvait sentir, en raison du permanent commentaire que dessinait son sourire, la part de sarcasme. Le sentiment dominant, enfin, lorsqu'on le regardait, c'était celui d'une dévastation. Dévastation entretenue, voulue, à la fois réelle et fictive, et, de ce fait, pour ainsi dire, presque crédible.

— Le troisième millénaire, moi, ça ne m'intéresse pas, poursuivait-il en ramenant une bouteille de vin rouge à demi ouverte et un verre, vas-y, sers-toi, je ne bois pas. Tout mon imaginaire est structuré par ce siècle, tu comprends. La guerre, l'Occupation... Malgré le danger, on avait tout de même le sentiment d'être embarqués dans quelque chose, à l'époque, quoi, hein ? Ça nous dépassait, c'était... Il y avait une certaine grandeur là-dedans.

La grandeur. Mon grand-père avait écrit — de pénibles recueils de poèmes, des récits de légendes bretonnes, et des mémoires clandestins qui me valaient ce déplacement chez mon cousin ; mon oncle avait écrit — un nombre incalculable d'articles, une trentaine de livres d'investigation journalistique, dont la moitié concernait Israël ; mon père avait tâté de l'écriture — lorsqu'il s'était retrouvé au chômage et qu'il avait accepté, non sans hésitation, deux livres de commande ; mon frère écrivait — de pitoyables articles révisionnistes, mais il écrivait ; ma cousine avait essayé d'écrire — quant à moi, je m'étais échiné plusieurs années sur *Christophe Colomb* : n'était-ce pas ce que nous avions tous cherché dans l'écriture, la grandeur ? « *L'autobiographie n'est pas un genre démocratique* », a écrit Doubrovsky dans l'un de ses livres. « *Je suis un nabot. Un type timide, rien qu'un prof. Je n'y ai pas droit. Ma vie n'intéresse personne.* » N'était-ce pas, nous qui payions l'ordinaire au prix du luxe, pour nous défendre de la médiocrité, que nous nous étions acharnés à noircir du papier, de père en fils, dans l'espoir de trouver, en dépit de ces existences petites-bourgeoises et patiemment édifiées, ne serait-ce qu'une étincelle de gloire ? « *Les pieds tuméfiés de Grand-Père, dans ses bottes rafistolées, emmaillotées de chaussettes pourries, le long des pistes, mer de boue, de neige, océan sans fin de pluie, de gel.»* Mon cousin, lyrique, dresse un mur de mots pour ne pas voir ce que l'histoire de Max avait de bêtement médiocre et sordide. Un clandestin, un homme qui fuit : pour en faire un père acceptable, il faut travestir l'Histoire. Nous n'étions pas des victimes, nous étions des héros, gelés de père en fils dans l'adoration des exploits de la génération précédente. Qui rendrait sa vérité à l'Histoire se ferait coupable de parricide.

— Parce que le monde qui vient n'est pas fait pour les écrivains comme moi, tu comprends. Je reste indéfectiblement lyrique. Qu'est-ce que tu veux que j'écrive sur ce qui se passe aujourd'hui? Les gens n'ont plus aucune épaisseur. Le Rwanda, la Bosnie, le sida... Je suis le premier à compatir, tout ça est affreux, mais enfin (grand geste de la main), où est l'enjeu, quoi? Je ne sais pas comment vous faites pour avoir le sentiment d'exister encore, vous, les jeunes. Moi, l'an 2000, non merci... Je n'ai jamais eu de goût particulier pour la science-fiction, de toute façon.

Et ce n'était peut-être pour rien d'autre que pour résoudre ce paradoxe de la médiocrité et de la gloire, que mon cousin, après quelques livres sur le tragique chez Corneille, avait, à la fin des années soixante, forgé le concept littéraire sur lequel il avait construit sa carrière et qui lui avait assuré le succès : l'autofiction, illustrée par les six romans qu'il avait écrits. Qualifiée par le milieu universitaire, au mieux, de fumisterie, au pire, de « monstre littéraire clandestin », « déguisé pour entrer en fraude dans un domaine interdit », l'autofiction paraissait on ne peut mieux taillée pour évoquer une famille comme la nôtre. Pourtant, si Doubrovsky avait donné au terme ses lettres de noblesse universitaires, cette manière oblique de parler de soi était déjà en vogue chez nombre d'écrivains juifs, au premier rang desquels — pour ne citer que quelques contemporains — Boris Schreiber en France, Schlomo Mordecaï Richler au Canada, dans une mesure plus perverse, aux États-Unis, Philip Roth, ou, surtout Jerzy Kosinski, lequel avait, le premier, employé le mot, pour qualifier son livre, *L'Oiseau bariolé.*

Kosinski avait passé son enfance en Pologne, dans le ghetto de Lódz, et, pendant la guerre, dissimulé avec ses parents dans une famille catholique, il avait échappé au massacre. Adulte, installé aux États-Unis, il s'était attribué des souvenirs tout autres, dont il avait fini par doter le héros de *L'Oiseau bariolé* : un enfant dont on ne savait s'il était juif ou tzigane, séparé de sa famille par le chaos de la guerre, ainsi que l'auteur prétendait l'avoir été lui-même. Doubrovsky, en reprenant à son compte l'idée de l'autofiction, l'avait orientée différemment. Pour lui, il s'agissait moins de mentir sur les faits que de les « lyriciser », si je puis dire. Rien n'était faux, tout était transfiguré. Le chemin doré de l'assimilation versus les névroses, mon grand-père (son oncle), en Roi-Soleil de la première, et lui-même, Doubrovsky, en maître incontesté des secondes, il était devenu le chantre de la geste familiale et des déboires intimes, l'aède de la standardisation et des désordres intérieurs, le tout sur fond d'enfance vécue, elle aussi, dans la clandestinité.

Parallèlement, le procédé autofictionnel devait connaître un développement certain auprès d'écrivains homosexuels (Christophe Donner, Hervé Guibert...) — et tout ceci est assez dire, je pense, les liens que l'autofiction entretient avec le passage illégal des frontières.

L'aspect le plus transgressif, c'est ce mélange revendiqué de fiction et de réalité. L'autofiction est présentée de manière hybride. Selon ses détracteurs — dont je tiens à préciser que je fais partie —, il s'agit là d'une perversion de la fonction de témoignage. Et, comme toutes les perversions, le fait même de s'avouer pour ce qu'elle est ne fait que renforcer son pouvoir de séduction.

Assez curieusement, mon grand-père s'était lui-même livré, en 1942, à un exercice autobiographique, alors que, réfugié dans un petit village de la Loire pour échapper à la Gestapo, il pensait ne plus avoir longtemps à vivre. J'avais appris l'existence de ce texte quelques jours plus tôt, lors de l'enterrement de mon père, et c'était ce manuscrit inédit, qui, en raison du testament particulièrement compliqué de ce dernier, motivait ma visite chez Doubrovsky.

Comme mes grands-parents avant lui, et comme tout le monde dans la famille, mon père avait tenu à se faire incinérer. Pour les spectateurs, si l'on peut dire, l'incinération consiste pour l'essentiel à rester assis dans une pièce nue, en face d'un autel vide, tandis qu'un corps brûle quelque part, et qu'une musique grandiloquente tombe du plafond pour empirer encore les choses, durant plus de deux heures d'une opération très ennuyeuse, esthétiquement problématique, dénuée de la moindre signification, et, pour toutes ces raisons, profondément déprimante. À l'issue de quoi, le crématorium se trouvant au Père-Lachaise, et le caveau familial à Bagneux, il nous avait fallu, bien qu'épuisés, former un nouveau cortège automobile pour transporter l'urne, sur les genoux de ma mère, à travers les embouteillages parisiens. Enfin dans le bon cimetière, j'avais dû laisser mon oncle Jacques prendre la tête de notre petite troupe, parce que le caveau se trouvait dans le carré juif et que je ne savais pas où c'était. Lui-même avait quelque peu erré, d'ailleurs, mais ce n'était encore rien à côté de Doubrovsky. Mon cousin s'était en effet mis en tête de profiter de l'occasion pour se recueillir quelques instants sur la tombe de son père, où se trouvait également la moitié des cendres de sa femme (l'autre moitié ayant été ramenée en Autriche par les parents de cette dernière, au terme d'une cérémonie hallucinante, dont une version figure dans *Le Livre brisé*). Comme on pouvait s'y attendre, Doubrovsky avait été incapable de retrouver son caveau, et il avait fini par se perdre si complètement entre les tombes, que nous avions dû nous mettre à sa recherche, laquelle s'était encore compliquée du fait de sa surdité. « Serge ! Serge ! » L'urne de mon père entre les bras, je criais leur double prénom. L'un mort et l'autre sourd, de toute manière, l'appel ne pouvait que rester sans réponse, et nous avions ainsi erré un moment en appelant dans le vide, nous dispersant entre ces tombes qui pour la plupart étaient vides elles aussi, les corps de leurs propriétaires officiels évaporés dans les crématoires d'Auschwitz quelque cinquante ans plus tôt.

Enfin, au terme d'un bon quart d'heure de recherches, mon cousin nous avait rejoints, et, le cortège à nouveau réuni, nous avions atteint le caveau Weitzmann, où nous attendaient des employés interloqués de ce qu'ils devaient prendre pour une mystérieuse coutume juive compliquée, consistant à arpenter les allées en hurlant le nom du mort. Quoi qu'il en soit, après qu'ils eurent ouvert le caveau, s'installa un silence profond. Mon oncle Jacques s'était figé dans une attitude hiératique assez déconcertante, et Doubrovsky, les larmes aux yeux, ne put se retenir de faire violemment sursauter l'employé qui se glissait dans la cavité pour y déposer l'urne, en criant soudain de manière incongrue un grandiloquent «voilà ton fils, Henri!», à l'adresse des cendres marmoréennes de mon pépé.

Ma mère se tenait droite, son regard pour ainsi dire accroché à la tombe, comme pour retenir le tremblement de sa tête, seul signe de la violence des sentiments qui l'agitaient. Derrière elle, les deux épouses successives de mon oncle Jacques se rencontraient pour la première fois après plus de quarante ans de vies parallèles, et continuaient, même ici, et même après tout ce temps, à s'ignorer superbement. Je crois qu'elles étaient parvenues à ne pas échanger le moindre regard, dans les circonstances cela représentait une sorte d'exploit. Ma cousine Marianne, fille de Jacques, l'unique pratiquante de la famille, retenait pour sa part le kaddish que, par crainte du ridicule, je l'avais priée de ne pas réciter malgré son insistance. Derrière, enfin, formant les chœurs pour ainsi dire, aux côtés de la calme silhouette de Luddmeyer, figuraient, ensemble, quelques amies de ma mère, et des collègues oubliés de mon père. En l'absence de toute formule religieuse, et puisque j'avais renoncé la nuit précédente à venir à bout de mon éloge funèbre dérisoire, nous nous étions tous regardés avec des airs gênés jusqu'à ce que ma mère, réagissant comme toujours la première, donne le signal de la dispersion.

Pour ma part, j'étais embarrassé au moins

autant par mon impuissance à prendre la parole, que par mon frère, dont l'absence, si j'ose dire, pesait sur ma présence. J'avais passé une bonne partie de la matinée à mentir à son sujet, prétendant qu'il avait dû partir en reportage au Brésil, et que je n'avais pu le joindre à temps pour le prévenir. C'était un mensonge absolument improvisé, je commençais à avoir l'habitude, mais cette fois, me semblait-il, c'était pour la bonne cause, afin d'éviter des questions gênantes auxquelles je ne me sentais pas le désir de répondre. Nous formions mes parents, mon frère et moi, un petit groupe qui avait déjà sa réputation de bizarrerie, dans la famille, je ne tenais guère à en rajouter en expliquant que nul ne savait où se trouvait Marc depuis qu'il lui prenait la fantaisie d'écrire des articles révisionnistes. Il m'avait toutefois fallu un moment avant de comprendre pourquoi, à peine formulé, ce dernier mensonge m'avait à ce point troublé. Je trouvais après coup étrange la mention du Brésil, qui m'était venue spontanément à l'esprit. Il y avait là quelque chose de trouble, et de malsain, comme si, derrière ce faux mensonge, si je puis dire, s'étaient dissimulés les vrais. J'étais à mille lieues d'imaginer, toutefois, combien ce que je venais d'inventer, pour anodin que cela parût, allait au contraire, après l'ouverture du testament de mon père, m'entraîner dans une série de complications inextricables.

Nous nous étions tous retrouvés à Bobigny,

au terme d'une nouvelle traversée de Paris faite avec ma mère, et qui m'avait épuisé. Les émotions des autres, je dois l'avouer, m'intimident. Je ne sais généralement pas comment m'y prendre ni quoi leur dire pour exprimer ma compassion, et ma mère n'est pas du genre à faciliter les choses. Si je m'étais installé chez elle dans l'intention de lui apporter un quelconque soutien, un observateur extérieur aurait pu croire que c'était l'inverse qui s'était produit. Durant ces trois jours de deuil que nous avions passés ensemble, elle avait déployé une activité débordante, récurant l'appartement, lavant mon linge, faisant les courses, préparant des plats pour quatre, trop lourds, mais que j'avais dévorés, je l'avoue, avec une avidité et un plaisir qui me surprenaient moi-même. Le soir après mes cours — et après que, au bout de quarante-huit heures de silence, j'eus enfin parlé avec Elena pour lui expliquer que nous ne pouvions pas nous voir en ce moment parce que en fils responsable, je devais m'occuper de ma mère —, chaque soir, oui, une fois que j'avais franchi le seuil et téléphoné à Marie pour l'embrasser — ce que je ne manquais jamais de faire et donna lieu à quelques-unes des conversations les plus mémorablement mécaniques de toute mon existence —, chaque soir, donc, de ces soixante-douze heures chez ma mère, je m'asseyais devant mon assiette, avec la satisfaction coupable de celui qui occupe toute la place, et le plaisir, sous couvert de prendre soin d'elle, de la laisser me nourrir. De mon côté, je lui assenais mes considérations sur l'actualité politique diffusée par les images télé, ainsi qu'une analyse comparée des problèmes de l'Éducation nationale tels qu'elle les avait connus, en son temps et à son niveau, et tels que je devais les affronter, moi, aujourd'hui. Il n'était pratiquement pas question de mon père, entre nous, ni de la douleur qu'elle et moi devions pourtant éprouver. Du moins pas avant l'heure tardive où nous nous séparions. Et tout passait alors dans un regard atroce, chargé des larmes qu'elle ne verserait pas, en hommage à la solitude accompagnant désormais les années qui lui restaient à vivre. Tout passait peut-être dans une réflexion brève et convenue, une phrase que ni l'un ni l'autre nous n'osions prolonger et qui pour cette raison sonnait faux. Après quoi, ma mère enfermée dans sa chambre avec ses médicaments contre la douleur, moi installé dans le salon pour une nouvelle nuit blanche, nous nous efforcions de nous habituer à cette mort, qui ne changeait rien à nos existences : en dépit de tout ce que je pourrais avaler, je resterais le second, le fils arrivé « par accident », comme elle me l'avait si souvent et si innocemment répété, et elle continuerait, elle, à faire des plats pour les absents.

Ma mère a toujours fait preuve d'une grande débauche d'énergie, surprenante au regard du peu de résultats obtenu. Dans notre enfance, il lui fallait toujours donner le change, démontrer qu'elle pouvait tout faire, tout organiser, soutenir au lycée les élèves mal dans leur peau, comprendre les problèmes psychologiques de mon frère — selon le terme officiel dont mes parents désignaient sa paresse crasse —, se battre au sein du Parti avec les victimes du système, dont elle se considérait à la fois comme le spécimen le plus impuissant, et le plus à même pourtant de fédérer la révolte. Même un jour comme celui-là, pensai-je en l'observant à la dérobée tout en conduisant, même un jour comme celui-là, elle serait morte sur place plutôt que de laisser la moindre larme couler. Très pâle malgré le fard, le buste dressé de manière anormale comme si elle avait craint de s'écrouler brusquement, son seul signe de faiblesse, quelques heures plus tôt, avait été de me saisir convulsivement le bras, en pénétrant dans la crypte où se trouvait le corps de mon père. Je l'avais alors sentie vaciller un instant, comme hésitante, comme si elle avait une seconde soupesé l'idée, rationnellement envisagé l'hypothèse des larmes, avant de se raviser, et de reprendre sa marche presque avec violence, droite, sans faiblesse, jusqu'aux abords du cercueil. À présent, elle gardait les deux mains sur l'urne funéraire, commentait d'une voix ferme l'ennui de la cérémonie (« De toute façon c'est pas ça qui le fera revenir, hein ! »), et je la laissai tout dénigrer, approuvant ce qu'elle disait sans en penser un mot, et persuadé qu'elle ne faisait, en parlant de la sorte, qu'accroître une douleur dont il n'était même pas certain, tant elle était enfouie, qu'elle fût pleinement consciente.

— Tu aurais quand même pu dire quelque chose, résuma Marie, lorsque enfin arrivés, je laissai ma mère s'éclipser dans sa chambre et que nous nous retrouvâmes seuls un bref instant, pour la première fois depuis la mort de mon père.

— Quoi ? Dire quoi ?

— Je n'ai jamais vu une telle capacité à rester à la traîne de ses propres émotions.

— Non, mais écoute, enfin, comment ça...

— Tu ne vois pas qu'elle attendait que tu lui parles ? Tu m'as laissée passer la matinée seule avec elle. Depuis ce matin, c'est moi qui fais tout le boulot.

— Ça fait trois jours que je suis là, je te rappelle.

— Oui, eh bien, si c'est pour être aussi efficace... dit Marie en haussant les épaules.

Et bien qu'elle ne pût rien savoir encore à ce moment-là, je me souviens très bien de ce que j'éprouvai en la voyant faire ce geste : ce fut la sensation brutale d'avoir passé ces trois derniers jours dans une sorte de clandestinité. Ma femme savait, et peut-être mieux que moi, que, durant ces trois jours de deuil et de solitude, j'avais surtout cherché à la fuir.

À cet instant, je compris la force et la profondeur du courant sous-marin qui, en moi, lentement, m'éloignait d'elle. Dans ce salon où je m'étais réfugié durant ces soixante-douze heures de quasi-insomnie, et où, entre les réflexions brouillonnes que m'avaient inspirées la mort de mon père et la découverte de ce qu'était devenu Marc, j'avais surtout cherché à échapper aux mensonges, Marie, entourée des objets familiers de mon enfance, se tenait debout devant moi maintenant, comme le rappel d'une réalité qui venait me démentir. Elle me fixait d'un regard où se mêlaient tendresse compatissante et agacement, et qui perçait à jour sans le moindre mal les fictions que je pouvais m'inventer. Mon livre abandonné, l'existence d'Elena : si elle en avait eu vent, ma femme aurait immédiatement détecté la fausseté de ces apparences narratives avec lesquelles j'essayais d'expliquer la crise où je m'enfonçais. Les mensonges ne sont jamais rien d'autre qu'une manière alambiquée de dire la vérité. Et c'était cette vérité que Marie percevait : une vérité plus profonde, plus irrationnelle, et plus menaçante, une réalité qui me ressemblait, si je puis dire, bien plus que tout ce que j'avais inventé jusque-là.

Avec le recul, je crois que si nous avions pu parler, Marie et moi, ce jour-là, il aurait été encore possible de rectifier le cours que prenait mon existence. Mais hélas — je dis hélas maintenant, quoique sur le moment j'aie perçu la sonnerie de l'interphone avec soulagement —, hélas, l'arrivée des autres membres de la famille empêcha vite toute discussion.

Le détail de la suite — oncles, tantes, cousins, envahissant l'appartement pour la collation sous le regard de ma mère distribuant à tous le même sourire excessif et gelé — importe aussi peu que ce qui précède. C'était le même enchaînement d'ennui prosaïque, d'inutilité, de ce mélange mécanique et absurde qui préside toujours à ce genre de cérémonie, quoique en l'occurrence, le terme d'anticérémonie eût peut-être mieux convenu pour qualifier ce que nous vivions. Nous étions une famille où, dès le tournant du siècle, le communisme avait remplacé la religion avant de s'effondrer à son tour, si bien que tout ce qui ressemblait de près ou de loin à un rituel était pour nous à la fois plein de nostalgie et totalement vide de sens. Nous étions tous debout autour de la table de la salle à manger — cette table où j'écris en ce moment —, et nous picorions sans vergogne parmi les en-cas que j'avais aidé ma mère à préparer.

— Je ne savais pas qu'il était malade, disait Marianne.

— Il ne l'était pas. C'est venu d'un coup.

— Je me souviens d'une discussion qu'on a eue dans un café, lui et moi, à la mort de Daddy, à propos d'Israël. Eh bien, tu serais surpris si tu savais ce qu'il m'a dit, tu sais. Il en parlait pas, c'est sûr, mais il était pas aussi indifférent à tout ça qu'il en donnait l'air.

— Vraiment?

— Oh, il était beaucoup plus concerné par la question que tu ne pourrais le croire, dit ma cousine, s'approchant de moi et me fixant de ce regard intense qu'elle avait toujours dès qu'elle se mettait à parler de ça.

Marianne n'était pas seulement la plus religieuse de la famille, c'était aussi la seule qui, chez nous, avait consacré toute son existence à chercher ce que le mot «Juif» pouvait bien signifier. Après plusieurs aller-retour entre Paris et Tel-Aviv, entre un certain nombre d'hommes, et entre elle-même et ce qu'elle s'efforçait d'être, elle était finalement partie vivre en Israël où elle s'était mariée, avant de rentrer à Paris quelques années plus tard, à nouveau célibataire, sans métier réel, ni projet précis.

— Ton père était beaucoup plus juif que tu ne l'imagines, tu sais, disait-elle en me regardant sous le nez.

— C'est un choc terrible pour moi, disait son père à elle, non loin de là. C'est atroce. Partir d'un coup, comme ça...

— Je sais, Jacques, je sais.

— On était si proches, tous les deux. On a connu le maquis ensemble, on avait seize, dix-sept ans. C'est tout ça qui disparaît, pour moi, tout ce passé.

Le regard bleu hiératique de mon oncle fixé

sur moi comme s'il avait voulu me transmettre le poids de sa mémoire. Il avait fait la moitié de sa carrière en écrivant sur le sionisme sans, à la différence de sa fille, jamais envisager l'émigration, et moins encore la religion. Il avait assisté au parcours de ma cousine avec incompréhension, un peu d'angoisse, et aussi j'imagine un certain sens de l'absurde.

— On te met une seringue dans la bite, disait Doubrovsky un peu plus loin. On ne peut vraiment pas le dire autrement, tu comprends, ça a l'air aberrant comme traitement, mais ça permet encore de bander quelque temps, si tu vois ce que je veux dire.

C'étaient des êtres qui, comme tout ce qui me rattachait à mon histoire, m'étaient à la fois intimes et étrangers. Pour l'essentiel, me semblait-il, je n'avais plus rien à dire. Je ne les voyais que lors des enterrements. Ils n'évoquaient plus pour moi que des souvenirs d'enfance, sinon ridicules, du moins non crédibles, et pourtant je ne pouvais les regarder sans éprouver le sentiment qu'ils faisaient partie de moi, aussi profondément que je faisais partie d'eux. Ils étaient si déformés par l'âge, cependant, ou était-ce ma fatigue, qu'ils en étaient presque irréels, et qu'une seconde, l'idée me traversa que tout ceci était peut-être un cauchemar, rêvé par une sorte de double, ou par l'enfant que je continuais d'être.

— Les morts, disait Luddmeyer, les yeux pensivement braqués sur une aile de poulet dans son assiette en carton. Il n'y a plus que ça autour de moi aujourd'hui, des morts. C'est Henri qui a donné le signal, comme d'habitude. Il est parti le premier, et puis les autres ont suivi.

Italo Benjamin Luddmeyer, conseiller juridique international. Presque un mètre quatre-vingts, soixante-treize ans, très élégamment vêtu — seule peut-être une certaine lenteur dans les gestes pouvait laisser deviner, avec la fatigue de l'âge, l'approche de la mort, sous la forme d'attaques cardiaques à répétition. Les Luddmeyer venaient d'Italie, ils s'étaient installés dans le Vaucluse vers la fin du XIXe siècle, et ils étaient, à ce que j'avais compris d'un arbre généalogique inextricable, cousins par alliance du côté de ma grand-mère, laquelle venait de Carpentras. Italo Benjamin était le seul que nous ayons, mon frère et moi, jamais connu de cette branche de la famille. Depuis qu'il était à la retraite, il prodiguait aux Weitzmann des conseils gratuits, et il avait aidé mon grand-père Henri à rédiger ses dernières volontés, nous épargnant, à la mort de ce dernier, la plupart des tracas administratifs.

— Il était venu me voir il y a, quoi, un an ? C'est la dernière fois que je l'ai vu seul à seul, je crois bien. Il voulait que je l'aide sur la manière de rédiger son testament. Vous saviez qu'il voulait faire don de son corps à la science ?

— Oui. C'était sa première idée.

— Je lui avais fait rédiger les papiers en ce sens. Apparemment, il s'est ravisé.

— C'est moi qui lui avais demandé de ne pas le faire, dis-je. Je voulais pouvoir visiter sa tombe. Mon père a été assez absent durant sa vie pour ne pas l'être aussi dans la mort, je trouve.

— Tout à fait estimable, je ne vous blâme pas... En tout cas, les deux testaments ne sont pas identiques, voyez-vous. Le premier a été rédigé sous ma dictée, juridiquement, c'était impeccable. Le second, enfin, c'est le seul valable maintenant, hein, et, à ce que j'ai vu, bon, c'est un texte olographe, quoi. Vraisemblablement écrit en plusieurs fois, sous le coup d'humeurs différentes et sans aucun souci d'unité, acheva-t-il d'un geste de la main qui vouait mon père et son testament à la même poubelle.

Pas étonnant, malgré la différence de génération, que mon grand-père et lui se fussent si bien entendus. Le même ton cassant, la même impatience péremptoire... Comme mes grands-parents, comme mes parents, comme beaucoup parmi les Juifs qui cherchaient à se moderniser avant guerre, Italo Benjamin avait rejoint le Parti dès l'adolescence. Militant clandestin durant la guerre, il avait été déporté fin 1944, à vingt ans, à Bergen-Belsen, puis délivré par les Américains dix mois plus tard, et envoyé dans un camp de réfugiés où il avait rencontré sa première épouse. Trois autres allaient suivre, en plus d'un grand nombre de maîtresses : Luddmeyer avait «baisé sur les cinq continents», ainsi qu'il aimait régulièrement le rappeler. La légende familiale voulait aussi que ce fût là, dans ce camp de réfugiés, qu'il ait été pour la première fois mis en contact avec des officiers de l'OSS. En dépit d'options politiques très déterminées — il passait toujours pour un admirateur convaincu de Staline, et ce, non pas malgré la terreur du régime, mais, tout spécialement depuis la chute du Mur, bien grâce à elle —, après un retour à Paris au cours duquel mon grand-père l'avait aidé à monter son premier cabinet, Luddmeyer s'était envolé pour les États-Unis, où il avait passé plus de quinze ans, avant de rentrer en France. Au début des années soixante, son cabinet d'affaires avait pignon sur rue dans la plupart des capitales industrielles de la planète. L'importance de ses clients, des groupes internationaux travaillant sur des secteurs sensibles comme l'industrie pétrolière ou nucléaire, ses fréquents déplacements dans des zones troubles — l'URSS de la guerre froide, les pays d'Amérique latine au temps des dictatures —, tout comme les sous-entendus de Luddmeyer lui-même selon lesquels il contribuait à aider des mouvements clandestins gauchistes au Chili ou en Afrique du Sud, tout cela lui donnait une aura quelque peu romanesque, dont mon grand-père avait fait un usage immodéré pour son propre compte.

Après une existence avide consacrée au journalisme, à la politique, à la littérature, et à tout ce qui pouvait représenter, d'une manière ou d'une autre, pour un amoureux des livres, un signe de réussite et d'intégration, immobilisé par l'âge et la maladie, mon grand-père, qui, sur ses vieux jours, avait développé un goût prononcé pour les romans policiers, invitait régulièrement Luddmeyer à venir le voir, ce que ce dernier ne manquait jamais de faire lorsqu'il se trouvait à Paris, et chacun de ces rendez-vous avait toujours été entouré de mystère. C'était la visite de l'espion, l'audience de Fantômas, notre agent chez pépé, lequel prenait alors un air extrêmement important pour nous rapporter leurs discussions par la suite, comme si tous deux avaient échangé des secrets d'État par-dessus le fromage, quand, en fait, le déjeuner se limitait à la rencontre d'un vieillard impotent et d'un séducteur sur le retour, qui commentaient ensemble les actualités télévisées.

Luddmeyer fit des yeux le tour des plats avant de se servir un canapé de tomate.

— Est-ce que ça invalide quoi que ce soit? demandai-je.

— Quoi donc?

— Eh bien, ça. Ce nouveau testament.

— Pas le moins du monde, reprit-il la bouche pleine, pas le moins du monde. Mais ça cause quelques petits soucis formels. En matière de droit la forme est tout, vous savez, c'est presque esthétique. Vous savez quand votre frère doit rentrer ?

— Mon frère ? Je vous l'ai dit, il est au Brésil.

— Mais vous avez réussi à le joindre ?

— Très brièvement.

— Où est-il exactement ? Je connais bien ce pays, vous savez.

— Il y a un problème ? demandai-je en éludant la question. L'héritage est à peu près égal à zéro, de toute façon. Et pour le reste, tant que ma mère est là...

— Oui, oui, naturellement. Enfin, ce n'est pas si simple, hein. Il y a toujours une part réservataire pour les fils. Je vous accorde que ça ne représente pas une fortune, en l'occurrence, mais il y a la question de l'appartement, tout de même.

— L'appartement ?

— Si nous discutions de ça ailleurs, voulez-vous ?

Je nous revois ensuite dans l'étroit bureau de mon père, dont je refermai la porte, tandis que la silhouette de Luddmeyer écrasait lentement le petit secrétaire face à la fenêtre. Je me souviens de la taille anormale de son corps, brisant l'unité étriquée de la bibliothèque dans laquelle nous venions de nous enfermer.

Je m'assis face à lui, sur le lit de mon

enfance, où mon père avait dormi chaque nuit ces dernières années. C'était la pièce aux livres. Éditions culturelles au rabais, Victor Hugo en faux cuir, les ouvrages théâtraux, Pablo Neruda, et les volumes « France Loisirs ». La seule pièce, malgré les déménagements multiples, dont le mobilier n'avait pas changé d'un iota.

Ce que me dit Luddmeyer tenait en quelques phrases simples. Sur ses conseils, afin d'économiser les frais de succession, nos parents étaient convenus de nous faire don de l'appartement de Bobigny dès la mort de l'un ou de l'autre, à charge pour nous, mon frère et moi, de ne pas le vendre tant que l'un des deux conjoints était encore en vie, et y résiderait. Cet appartement constituait en fait l'essentiel des actes successoraux. Ceux-ci, ainsi qu'il me l'expliqua, ne pouvaient prendre légalement effet qu'en présence de l'ensemble des héritiers, si bien que tant que mon frère ne donnait pas signe de vie, l'exécution du testament ne pouvait qu'être suspendue.

— Par ailleurs, reprit-il après avoir attendu en vain un commentaire, il semble que Serge ait posé une condition à la réalisation de ses dernières volontés.

— À l'égard de qui ?

— De votre frère.

— Et de quoi s'agit-il ?

— Il s'agit d'un manuscrit, dit Luddmeyer lentement, posant sur moi des yeux dont les paupières étaient si lourdes qu'elles semblaient menacer de retomber à tout instant. Un manuscrit inédit laissé par votre grand-père, et rédigé en 1942, pendant ses années de clandestinité.

Je fus comme surpris de mon absence de surprise. Peut-être que je m'y attendais. Je regardai, derrière lui, le ciel gris de la fenêtre, les silhouettes pathétiques des bâtiments, la pluie froide et tenace de l'autre côté de la vitre, le béton sale du boulevard, le chaos des immeubles derrière le terrain vague — ce paysage de banlieue hérissé après guerre, une fois que tout avait été détruit.

Bien sûr, mon grand-père.

Lequel de nous deux dit :

— Un être d'une culture et d'un tempérament remarquables.

— Il nous récitait Victor Hugo et Lamartine, par cœur, répliqua l'autre illico.

— C'était un romantique.

— Le patriarche.

— Il avait su s'élever au-delà de ses origines.

— Il était d'un courage extraordinaire.

— Il avait rejoint la Résistance dès quarante.

— Et dans sa situation : Juif, communiste, père de famille.

Puis après un temps :

— À dire vrai, reprit Luddmeyer, je ne sais pas ce qu'il y a dans ce texte. Une sorte d'autobiographie, je suppose. Écrite à un moment où Henri pensait qu'il lui restait probablement peu de temps à vivre. Bizarrement, après la guerre, il semble qu'il ait complètement oublié ce manuscrit. Il a fait éditer ses livres sur la Bretagne, quelques recueils de poèmes, deux trois petites choses comme ça, mais ce texte, non. Personne ne s'en est soucié, d'ailleurs, dans la famille. À l'exception de votre père, qui avait l'air d'y tenir particulièrement, je ne sais pas pourquoi. Il m'en avait parlé à plusieurs reprises, je crois qu'il voulait essayer de le faire publier.

— Et qu'est-ce que mon frère a à voir avec ça ?

— Marc fréquente tout ce milieu, vous savez. Votre père imaginait, je ne sais pas, qu'il parviendrait sans doute à en faire quelque chose. Quoi qu'il en soit, l'exécution du testament dépend maintenant des efforts de votre frère sur ce point.

— Je ne comprends pas.

— C'est la condition suspensive. Pour faire valoir ses droits, votre frère doit faire état, sinon de son succès, du moins de ses démarches en vue de la publication. D'un point de vue strictement légal, tant que ce point n'est pas établi, l'exécution du testament est suspendue.

— Ce qui veut dire ?

— Ce qui veut dire, par exemple, que, pour le moment, l'appartement dans lequel nous nous trouvons n'appartient à personne, sourit Luddmeyer, comme s'il s'agissait d'une bonne blague. Bien entendu, s'empressa-t-il d'ajouter devant mon visage décomposé, bien entendu concrètement, ça n'a pas vraiment d'incidence. Personne ne va entreprendre une procédure d'expulsion à l'encontre de votre mère, hein. Toutefois, il faudrait régler la question assez vite, ne serait-ce que pour la bonne marche des choses. Vous l'avez dit vous-même, cet héritage est dérisoire. Raison de plus pour ne pas faire traîner. C'est une question de forme. Plus vite ce sera fait, plus vite votre mère et vous pourrez achever ce deuil. Vous savez comment le joindre, n'est-ce pas, votre frère ? Vous pouvez vous charger de l'avertir de ce qu'il en est.

... À ce point, je me rends parfaitement compte de ce que n'importe qui aurait répondu à ma place. En fait, c'est si simple à écrire maintenant, que, par contraste, mon attitude semblera absurde à n'importe qui, incohérente, et si irrationnelle que tout ce qui en a découlé sera considéré comme peu crédible et relevant de la fiction pure.

« Écoutez, maître, j'ai inventé cette histoire de Brésil pour des raisons de décence, étant donné la situation. La vérité, vous le savez comme moi, c'est que mon frère est un gosse, ce n'est pas quelqu'un de fiable. Non seulement je ne sais pas où il se trouve, ni ce qu'il fait, mais les dernières nouvelles que j'ai de lui, pour indirectes qu'elles soient, laissent penser qu'il vaut peut-être mieux ne pas le savoir. »

Oui. N'importe qui se serait levé, le plus simplement du monde, se serait approché de Luddmeyer, et, si gêné qu'il fût par la confidence, si honteux qu'il fût pour son frère, lui aurait dit quelque chose de ce genre. N'importe qui d'autre que moi. Moi, je sortis du bureau après avoir adopté la seule attitude que j'aie jamais été capable d'adopter : celle du silence coupable. Non seulement je ne dis rien de ce que je savais à Luddmeyer, mais je m'engageai à l'appeler dès la semaine suivante avec des nouvelles de mon frère.

Je ne vais pas donner d'explication. Je ne vais pas m'échiner à rendre crédible un comportement auquel je n'arrive pas moi-même à croire, quand j'y repense... Un comportement qui, de plus, a par la suite eu pour moi des conséquences aussi néfastes. Tout ce que je puis dire, c'est que cela s'est passé comme ça, et pas autrement. Tout ce que je puis dire, c'est que la vie n'est pas cohérente, elle n'est pas rationnelle, plus aberrante au contraire que n'importe quelle fiction, elle se révèle aussi chaotique que chacun d'entre nous peut l'être — et pour ma part, hélas, je suis ce que je suis, et personne d'autre : un type dont tout le monde croyait qu'il achevait son livre parce qu'il avait été incapable d'en avouer l'échec, un type qui se découvrait une liaison adolescente, et qui, sachant ce que cela avait de peu sérieux, n'était pas loin néanmoins de lui jurer l'amour sincère dans l'unique but de se justifier à ses propres yeux, un type qui, obsédé par son souci d'honnêteté, n'en avait pas moins — et peut-être justement pour cela ! — trahi par deux fois la confiance de sa femme. Un type qui, à présent, s'engageait à faire quelque chose qu'il se savait incapable de faire, pour la seule raison qu'il pensait que c'était là ce que l'on attendait de lui, et qu'il n'avait jamais su se soustraire aux commandements des pères. Voilà : j'étais le dernier soldat du dernier bastion de l'esprit chevaleresque made in Bobigny-sur-Seine, je brûlais, sur les dernières braises du Monde Nouveau, entre les cendres de l'utopie communiste et les ultimes flammes des tirades héroïques, les spectacles passés, les dernières pétitions et les grèves, ce vieux texte de la très vieille pièce que mon frère, lui, s'était refusé à jouer, et je l'avais remplacé, comme toujours, éternelle doublure. Et ainsi, par excès de responsabilité, j'avais gâché ma vie professionnelle en lui sacrifiant le livre que je ne pouvais écrire, j'avais gâché ma vie sentimentale par l'expression d'une fidélité coupable envers une épouse que je n'aimais peut-être pas autant que je m'efforçais de le croire, et je gâchais encore, par l'expression inverse de cette même culpabilité, l'amour que me portait une femme plus jeune que la mienne, plus amoureuse, et plus tendre. Et c'était pour mon père, que je gâchais ainsi toute mon existence, dans le seul but de devenir enfin ce que Marc, lui, s'était toujours obstinément refusé à être : son fils. Comment n'aurais-je pas tout entrepris, pour ce testament ?

Je mentirais toutefois, si je ne signalais pas aussi quelque chose de moins rhétorique que cela, je veux dire de moins justifiable, sur un plan strictement narratif. Comment dire ? Cela reste le plus énigmatique pour moi, même aujourd'hui, et aussi, certainement le plus impardonnable. Comme un aboutissement à tous les mensonges qui avaient précédé, à cet instant, très bref, où je quittai Luddmeyer en l'assurant que j'allais m'occuper de tout, et où je pris la décision de me mettre en quête de mon frère... Oui, à cette seconde, je sentis presque physiquement ce que cela voulait dire, pour moi. Oh, j'étais certes encore — et plus que jamais ! — dans le rôle du bon fils laborieux, soucieux de la mémoire, comme de la bonne marche des affaires familiales — j'étais sans doute fidèle à ce qui paraît de moi dans ce récit. Mais je n'étais plus seulement cela. Car il y avait quelque chose dans ce qu'avait fait mon frère — je veux dire, dans ce qu'il avait écrit. Quelque chose d'abject. De monstrueux. D'absolument inacceptable, et de parfaitement ordurier. Et, pour une raison de moi inconnue, cela m'attirait. Cela m'intéressait à un point difficilement descriptible. En fait, c'était excitant. Je savais ne pas pouvoir m'en détacher, et à côté de cela les arguments de Luddmeyer, toutes ces afféteries pénibles, juridiques et techniques par lesquelles il faut bien passer si l'on veut raconter une histoire — tout ça comptait pour rien. Le fan-club d'un petit délinquant, avait dit Marie ? Elle ne savait pas encore à quel point elle avait raison.

En tout cas, quels qu'en soient les motifs, la situation telle que je venais de l'accepter, la situation telle que je venais de la créer, était désormais la suivante : un révisionniste d'occasion recelait le manuscrit que son grand-père juif avait écrit durant la Résistance, et sa disparition inexpliquée bloquait tout accès à l'héritage. Ce révisionniste était mon frère, et moi, moi qui le méprisais, moi qui peut-être le haïssais, je m'étais efforcé, pourtant, de l'excuser, j'étais allé jusqu'à mentir pour lui ; et voici qu'en raison de ce mensonge, je devais maintenant faire mon possible pour le retrouver, dans l'unique but d'accéder à ce même héritage, dont nous nous désintéressions l'un comme l'autre !

Car bien sûr, l'histoire ne serait pas ce qu'elle est si l'enjeu pour mon frère et moi n'avait été aussi ridicule et dérisoire. Quatre pièces aux murs comme du papier dans un immeuble HLM converti à la copropriété. Quatre pièces dans une banlieue agonisante : tel était l'unique butin de ce testament, dont l'exécution, de surcroît, n'était que purement administrative. Et c'est pour cela que je me suis lancé dans ces recherches ! Ces recherches qui m'ont conduit où j'en suis aujourd'hui, justement dans cet appartement, victorieux, donc, mais ma vie détruite.

Je fis immédiatement deux erreurs. La première fut de garder le silence auprès de Marie. Durant les quelques jours qu'après l'enterrement nous passâmes elle et moi en compagnie de ma mère, dans la petite maison de campagne que la famille possédait en Bourgogne, nous parvînmes à nous convaincre sans trop de mal que rien ne changeait entre nous, que notre vie conjugale suivait son cours habituel. Le soutien moral que ma mère réclamait presque vingt-quatre heures sur vingt-quatre fut sans doute pour beaucoup dans ce sentiment d'une complicité harmonieuse retrouvée, et, si ma mère n'avait été, au bout du compte, et comme à son habitude, aussi acharnée à surmonter son chagrin, au point d'exiger de rester seule passé ce week-end campagnard, peut-être alors — si nous avions pu rester plus longtemps, nous mobiliser autour d'elle durant quelques mois —, peut-être, oui, cette apparence de concorde entre Marie et moi seraitelle devenue réalité. Mais nous ne savons pas vivre autrement qu'en persévérant dans ce que nous sommes. Sous ses dehors généreux et altruistes (« Cessez donc de perdre votre temps avec moi, mes petits chéris, allez ! Vous avez des choses à faire ! »), ma mère était incapable de voir ce qui se jouait réellement entre nous — incapable de voir que ce n'était pas tant pour elle, que nous étions là, que pour nous. Il est vrai que nous n'en avions nous-mêmes qu'une conscience très relative, avivée dans mon cas par le triple silence dans lequel je m'enfermais progressivement : mon manuscrit, Elena, maintenant mon frère.

J'étais persuadé que parler avec Marie des recherches dans lesquelles je comptais me lancer nous exposerait inutilement, comme à chaque fois que mon frère revenait sur le tapis, au risque d'une nouvelle dispute, et je nous sentais trop fragiles pour cela. En fait, je pouvais entendre ses arguments sans même qu'elle ait besoin de les formuler. Elle me conseillerait de ne pas le faire. Elle me conseillerait de laisser Luddmeyer s'occuper de ça. Elle me ferait sentir tout ce qui chez moi attendait, dans l'ombre d'une attitude raisonnable, de succomber aux charmes de l'abjection fraternelle. De mon côté, je me croyais suffisamment fort pour ne pas tenir compte de ses conseils, et faire l'économie d'une nouvelle discussion, dont les arguments, en ce qui la concernait, relevaient pour moitié du bon sens, et pour moitié d'une hostilité de principe envers Marc, que je partageais, certes, mais qui me semblait injuste lorsque je la découvrais chez les autres. Ce que même elle n'aurait pu prévoir, toutefois, c'était la force de l'ennui. L'infinie lassitude d'une existence, la mienne, placée tout entière sous le signe de la loi — cet ennui que mon frère, avec ses monstrueuses théories nazies et l'excitation qui en résultait, venait brusquement rompre.

Ma seconde erreur fut de reprendre contact avec Elena. Sous prétexte d'acheter le journal, je me rendis un matin dans le café-bureau de tabac-papeterie du village, et je l'appelai, dissimulé dans une cabine téléphonique crasseuse. La voix d'Elena possédait un timbre particulier que le téléphone mettait en valeur : féline, chaleureuse, soyeuse, avec de brefs accents de petite fille qui grimpaient vers les aigus. Ses intonations bizarres lui faisaient transformer certains mots, elle disait « ih ui » pour « eh oui », roulait les « r », changeait le son « il » en « ou », et ses tournures de phrases exotiques, dans cette cabine où flottait une odeur de javel et de tabac froid, ajoutaient encore à son charme. Je n'écoutais que distraitement les histoires qu'elle me racontait, des histoires en elles-mêmes dénuées d'intérêt, qui n'avaient rien à voir avec moi ni avec ce que je vivais mais qui, pour cette raison justement, possédaient un certain pouvoir. Il en ressortait qu'Elena devait bientôt laisser son petit deux-pièces pour « mouder », me dit-elle, dans un appartement de la banlieue sud qu'elle avait déniché à l'Alliance française. Je la laissai parler, pour le seul plaisir (« plaazerr ») d'un contact presque tactile (« tactiou ») avec sa voix, pour les gestes dont elle s'accompagnait et que je pouvais imaginer à l'autre bout du fil, depuis la cage où je me trouvais, pleine de vieux annuaires déchirés sous le combiné, et le carrelage encombré de gitanes filtres écrasées — elle levait les mains à hauteur d'épaules, elle croisait ses doigts fins, elle se balançait d'un côté et de l'autre, comme elle faisait toujours lorsqu'elle parlait, elle tendait les lèvres dans un effort comique pour articuler tous ces mots barbares qu'elle avait tant de mal à prononcer...

Nous ne nous étions revus que trois fois, après la séance dans le bureau d'Étienne au terme de laquelle elle avait embrassé de manière si passionnée un amant beaucoup moins sûr de lui et beaucoup plus honteux qu'elle n'avait l'air de le croire.

Dès le rendez-vous suivant, j'avais découvert que l'acte de sodomie, qui, lorsque je m'y étais livré, m'avait paru relever du viol pur et simple, avait produit sur Elena un effet extraordinaire. À ma stupéfaction, souriant d'un sourire adorable, sur lequel même le pire des esprits tordus n'aurait pu lire autre chose que générosité, audace et tendresse, elle m'avait annoncé qu'elle m'avait donné ce qu'elle n'avait jamais donné et ne donnerait sans doute jamais à personne d'autre ; il me fallait considérer cela comme la meilleure preuve de confiance qui se puisse concevoir, nous étions désormais liés par une intimité sans précédent pour elle, elle éprouvait à mon égard des sentiments dont elle n'avait pas mesuré jusque-là l'importance — bref, en un mot, elle m'aimait.

Ma réaction fut désastreuse. Je la pris dans mes bras avec le plus de tendresse possible. Je dissimulai la panique rampante derrière un sourire ridicule. Je m'efforçai de lui rendre ses caresses, mais tous nos efforts conjugués ne servirent à rien : tétanisé, j'étais incapable, non seulement de réitérer mon exploit, mais même de manifester le moindre semblant d'érection — et nos deux rendez-vous suivants furent du même pitoyable registre. Oh, j'avais naturellement lu tout ce qu'il fallait lire sur l'ambiguïté du plaisir sexuel, je n'étais pas un novice. Mais, pour candide que cela fût, je n'arrivais pas du tout à concevoir comment un acte de violence perpétré *par moi* pouvait produire cet effet sur celle qui en était la victime consentante. Ce qui me désarçonnait, c'était l'aspect concret de ce qui s'était passé, et le fait que j'étais cette fois personnellement engagé. Je n'avais pas rêvé : sur le moment, les grimaces d'Elena avaient bien été des grimaces de douleur, et chacun de ses gestes, une tentative pour échapper à ce que je lui faisais subir.

Et puis bien sûr, il y avait la question de l'amour. C'était quelque chose que je n'étais pas du tout préparé à recevoir de la part d'Elena. Quelque chose à quoi je n'avais pas songé une seconde entre nous, ou bien, si je l'avais fait, c'était sans vouloir m'y attarder.

Après tout, qu'est-ce que je savais d'elle? Je la connaissais peu, alors que nous entamions la deuxième année de notre liaison, et cela comptait beaucoup, pour moi, cet anonymat.

De temps à autre, la silhouette d'un certain Roberto se laissait entrevoir, dans son récit d'un mariage conventionnel auquel elle avait échappé de justesse, après sept ans de projets communs, lorsque le futur, profitant du énième voyage d'Elena aux États-Unis, avait acheté pour eux deux un appartement dans un quartier chic de São Paulo. Il l'avait entièrement meublé à sa seule convenance, et, à quelques semaines seulement de la cérémonie, alors que les cartons d'invitation étaient déjà imprimés, Elena s'était rendu compte qu'elle ne parviendrait jamais à vivre dans cette maison, avec un homme qui avait décidé de tout en son absence, et dont le mérite principal au fond était de plaire à sa mère. Au grand dam de cette dernière, Elena avait rompu ses fiançailles, puis, dans la foulée, elle s'était inscrite à l'Alliance française, et, quelques semaines seulement après son retour des États-Unis, s'était envolée pour Paris, où je l'avais rencontrée, huit jours seulement après son arrivée. «Je ne sais pas, disait-elle, je ne sais pas ce que je cherche à voyager ainsi.»

Et moi, qu'est-ce que je cherchais, avec elle ? Le sexe ? Le dépaysement ? Jouer avec la possibilité de vivre une autre vie que la mienne ? Effrayé par les perspectives que j'entrevoyais — effrayé par l'éventualité que cette liaison improbable, ce fantasme, ce rêve de paradis, cet accident onirique, puisse soudain devenir réel —, effrayé par la touche de violence, aussi, qui s'était glissée entre nous, j'avais espacé nos rencontres dès avant la mort de mon père, et celle-ci était venue me donner le meilleur prétexte pour ne plus la voir du tout. Mais maintenant, trois jours en solitaire avec ma mère et ma femme faisaient voler en éclats mes bonnes résolutions.

Je dois dire que son corps avait sur moi un pouvoir fabuleux. J'éprouvais sans cesse le désir de la toucher. Même après chacun de nos trois derniers rendez-vous, une fois rentré à la maison, le seul fait de penser à elle avait provoqué une érection d'autant plus frustrante que trop tardive. Ce n'était pas seulement ses seins, ses jambes, ces lieux communs qu'elle poussait à une perfection considérable, c'était sa peau. Sa peau invraisemblable, brune et très fine, qui exsudait une sorte de chaleur parfumée, douce, salée, presque humide. Et, en même temps que ce magnétisme, il y avait de la distance en elle, de la retenue, malgré tout ce que son corps suggérait spontanément en permanence, il était difficile de passer à l'acte sans un encouragement explicite de sa part... La seule évocation de tout cela au téléphone, et je me sentais renaître. À en juger par l'état dans lequel je me trouvais en l'écoutant me raconter sa rencontre avec sa nouvelle logeuse, ces quelques semaines de séparation avaient suffi, du moins je l'espérais, pour que je redevienne un homme.

« *Il est certain que la beauté de ces îles, avec leurs monts et leurs sierras, leurs eaux et leurs vallées arrosées d'abondantes rivières, est un tel spectacle qu'aucune autre terre sous le soleil ne peut sembler meilleure ni plus magnifique.* » Dans mon *Christophe Colomb, logique de l'inconnu*, j'ai consacré tout un chapitre aux passages dans lesquels le marin s'extasie sur les îles qu'il vient tout juste de découvrir, et certaines de ses phrases, lorsque j'évoque Elena, me reviennent en mémoire. Moi aussi, comme il l'a écrit à propos des Indiennes, je pouvais dire d'elle que « *l'on aurait cru voir de splendides naïades ou ces nymphes des fontaines tant célébrées par l'Antiquité* ». Comme elles devaient lui paraître belles, ces femmes, avec leur absence de mémoire, « *tenant en main des gerbes de palmes qu'elles portaient en exécutant leurs danses, qu'elles accompagnaient de chants... Toute cette terre est de montagnes très hautes et très belles, ni arides ni de roches, mais très accessibles et aux vallées magnifiques. Les arbres sont verts toute l'année et les herbes aussi, comme au mois d'avril en Andalousie. Le chant des oiseaux est tel qu'il semblerait que jamais l'homme ne veuille partir d'ici. Il y en a qui sont parés des plus fines couleurs du monde, bleus, jaunes et rouges. Ici, même le vent souffle amoureusement*». Oui, pour moi aussi, le vent soufflait amoureusement — le vent de l'amnésie. «*La raison,* écrit encore Colomb pour expliquer sa découverte, *la raison ne me fut d'aucune utilité.*»

Il pouvait oublier les intrigues de la cour d'Espagne, les horreurs de l'Inquisition, les aléas qui l'attendaient à son retour, tout comme j'oubliai, moi, en écoutant la voix d'Elena, les sinuosités labyrinthiques de ma famille. Oh, je lui racontai mes déboires familiaux, oui, mais sur un ton presque comique, où je trouvai une manière d'apaisement. Je parvins même à évoquer mon frère sans amertume. C'était étrange. Tout ce qui se présentait sous le signe du psychodrame, prenait, quand je l'expliquais à Elena, les couleurs de la comédie. Je n'avais pas besoin de dissimuler avec elle. Sa légèreté devenait la mienne, son absence de mémoire devenait la mienne, et par ses yeux, les événements se faisaient plus acceptables, plus anodins et plus drôles, leurs conséquences avaient tendance à s'évanouir.

Comment ne pas éprouver une nostalgie cuisante, à l'idée que ce fût précisément là, dans son paradis où je n'avais jamais mis les pieds, que j'avais eu le caprice de situer mon frère — dans ce lieu où *les gens sont très paisibles, nus, sans armes et sans lois*?

Puis, après avoir convenu d'un rendez-vous

pour le lundi suivant, je quittai Elena, et, dès que j'eus raccroché, tout revint : le présent et ses présages de cauchemars, le passé et ses monstres. À la fin de cette même semaine, de retour à Paris, je sonnai chez Serge Doubrovsky.

Chapitre 3

MONSTRES

Les motifs qui m'avaient poussé à lui rendre visite étaient — à l'image de tout ce que je faisais depuis quelque temps — doubles.

Certains points, dans ce que m'avait raconté Luddmeyer, méritaient d'être éclaircis, à commencer par les raisons qui avaient bien pu conduire mon père à choisir Marc pour agent, en vue de la publication du manuscrit de mon grand-père.

Si acharnés que fussent les efforts de mon frère, en effet, personne dans la famille n'avait jamais pris au sérieux ses tentatives pour se faire un nom dans l'écriture. Son premier article dans la presse nationale — un feuillet et dix lignes sur une journée de grève de chauffeurs d'autobus à Lons-le-Saunier —, publié à vingt-deux ans, avait surtout valu à mes parents l'acte hérétique d'acheter *Libération*, pour la première fois de leur vie, au détriment de *L'Humanité*. Ma mère, qui, à cette occasion, s'était découvert une passion subite pour les régies régionales d'autobus, avait relu l'article une bonne dizaine de fois en s'efforçant d'y trouver les traces d'un génie encore en gestation. Puis elle l'avait découpé, et l'avait rangé avec le reste de ce qu'elle appelait les archives de Marc : poèmes et textes en prose qu'il avait écrits entre quatorze et dix-sept ans, qu'elle avait religieusement tapés à la machine au fur et à mesure de leur production.

Pendant notre adolescence, certaines soirées de printemps, il prenait à Marc l'envie de crier ses textes dans sa chambre. Nous possédions alors chacun la nôtre, dans une petite maison particulière d'un quartier de Besançon si calme, que sa voix résonnait dans toute la rue quand les fenêtres étaient ouvertes, si bien qu'entre les disputes avec mon père et ses récitals de poésie impromptus, les voisins n'avaient guère le temps de s'embêter. Les poèmes étaient truffés d'images « hallucinantes », pour reprendre son mot favori de l'époque. On y trouvait à chaque ligne une cohorte toujours ressuscitée d'anges brûlés dans des cieux psychédéliques, d'amants malheureux et de séparations fatales, dont la cruauté métaphorisait, paraît-il, l'apocalypse de « la société » en décomposition. Bref, c'était la médiocre déclinaison néo-hippie que l'on pouvait trouver dans la seconde moitié des années soixante-dix, cruellement acnéique dans le cas de Marc, qui trouvait son inspiration dans des traductions de son cru, bourrées de contresens, des chansons de Bob Dylan.

Bien que sa culture se fût arrêtée quelque part entre Lamartine et Verhaeren, mon grand-père, à qui Marc ne manquait pas, sur les conseils de mes parents, d'envoyer ses textes, mon grand-père, donc, s'extasiait sans retenue sur la vocation de mon frère, et prophétisait pour lui, au vu de ses poèmes, les plus hautes destinées littéraires. Pure politesse de sa part, j'imagine — de cette politesse vaguement méprisante, qui était devenue avec l'âge sa principale attitude. À moins qu'il n'ait voulu se flatter lui-même — comment ses petits-fils auraient-ils pu être autrement que parfaits. Ou bien les deux à la fois. L'excès de compliments, de toute façon, a toujours quelque chose d'ironique : même Marc, après tout, n'était guère que le fils de son père, soit la branche un peu foireuse de la famille. Hélas, comme tout ce qui venait du patriarche, mes parents accueillaient cet aval sans le moindre esprit critique, si bien que leur penchant à l'hagiographie ne fit que se renforcer avec les années.

À vingt-deux ans, Marc n'écrivait plus de poèmes — du moins pas à ma connaissance —, mais le fétichisme de mes parents à son égard n'avait fait que croître, si bien qu'ils guettaient dans toute la presse le moindre entrefilet portant ses initiales. À la même époque, je laissais volontiers traîner derrière moi des pages entières de mes TD, et les brouillons de mes mémoires de maîtrise, dans l'espoir d'obtenir ne serait-ce qu'une lecture distraite : tout ce que j'obtins en fait, ce fut l'obligation, un jour, de reconstituer dix pages manquantes, que mon père, en les voyant sur la table de la cuisine, avait — « par distraction » — foutues à la poubelle.

Certaines familles exhibent les signes de réussite. Elles accumulent maisons, voitures, téléphones portables, ordinateurs, téléviseurs dans toutes les pièces et vacances à Saint-Trop' ; la nôtre, quelque vieux jeu que cela semble, a toujours investi dans l'écriture. Les recueils de poèmes, les légendes bretonnes de mon grand-père ; ce manuscrit de souvenirs clandestins datant de la guerre ; le journalisme d'investigation et les livres plus historiques sur Israël de mon oncle Jacques ; les romans autofictionnels de Doubrovsky ; même mon père, après sa retraite, avait accepté la rédaction de deux livres de commande sur l'histoire littéraire. Nous étions ainsi liés les uns aux autres en une succession de textes, de vérités et de travestissements, pour entretenir la pesante absence qui nous servait de mémoire. Au titre des raisons historiques : la maîtrise de la langue, qui avait constitué dès le départ le test clef d'une assimilation réussie. Max, l'aïeul débarqué en France par accident, baragouinait un français passable, mâtiné de yiddish et probablement de russe. Sa femme, mon arrière-grand-mère, hésitait entre le judéo-alsacien et un français pitoyable. Leur fils Henri, fort logiquement, avait mis toute l'énergie du rejeton qui cherche à échapper à ses origines, dans le dépassement de ce double illettrisme. Pour lui, il s'agissait, en écrivant, de devenir «*aussi français qu'un Français*» — c'est-à-dire un peu plus. Ses parents avaient obtenu la gérance du théâtre du Trocadéro, au début du siècle, si bien qu'il avait grandi avec sous les yeux les acteurs français prestigieux déclamant sur scène le beau langage de Molière. C'était ça, pour lui, être français : entretenir l'illusion du spectacle, se faire applaudir, et surtout bien parler, et bien écrire. Il n'avait pas pour rien intitulé ses premiers recueils «À la manière de...» Il y avait «À la manière de Lamartine», «À la manière de Hugo», «À la manière de Baudelaire», etc. Maniérisme au moins aussi important pour lui que le contenu même des textes. En un certain sens, on pouvait voir dans le travail de mon oncle Jacques une survivance de ce rapport particulier à l'écrit : quoi de plus objectif, en effet, quoi de plus neutre, de plus «comme tout le monde», si l'on peut dire, que l'écriture journalistique? Le cas de Doubrovsky, seul à avoir pris en charge les ambiguïtés de cette démarche, était plus complexe. Mais, si l'écrit était ainsi le lieu d'une telle ambivalence, voire d'une telle contradiction (à la fois dire, et cacher, s'exposer et se dissimuler), il n'était pas forcément surprenant que ce soit dans ce domaine que mon frère ait choisi de s'illustrer. Si écrire était pour nous le signe petit-bourgeois permettant de s'affranchir des origines, et de dépasser les limites, Marc avait maintenant quelques longueurs d'avance indéniables. En un sens, il écrivait toujours « à la manière de » — à la manière de Faurisson.

Il va de soi que cette tentative d'explication que je viens d'esquisser — pour le dire en un mot : l'origine d'une dérive révisionniste contenue dans un trouble identitaire lié au judaïsme —, cette explication donc serait sans doute plus convaincante si je parvenais à me persuader qu'il existe quelque chose comme une « identité juive », dont, de plus, ma famille pourrait être un exemple — hypothèse en fait hautement exotique. C'est peu dire que nous n'avons pas été élevés dans la conscience d'un quelconque fait juif. Pour nous, cela n'existait tout simplement pas, sinon de manière périphérique, quand mon oncle publiait un livre sur Israël. Nos références étaient politiques, et, si nous étions quelque chose, c'était des gens bien, je veux dire des gens de gauche. Et bien sûr, tout spécialement dans le cas de Marc, des gens doués pour les lettres. L'impuissance de mon frère, non seulement à vivre de sa plume, mais aussi à obtenir un travail régulier, trouvait sa source dans l'attitude de mes parents à son égard. Cette manière qu'ils avaient d'adorer tout ce qu'il pouvait pondre, dans un environnement qui, déjà, sacralisait l'écriture : le fait même de publier, je crois, avait trop de valeur pour qu'il songe à en retirer de l'argent. Et puis le terrain était si largement occupé par les générations précédentes qu'aucun de nous, les jeunes, ne pouvait sans doute s'y risquer sans dommage. Aucun de mes cousins n'ouvre plus d'un livre à l'année, par exemple. Ma cousine, malgré ses tentatives, n'est jamais parvenue à achever le moindre texte. Quant à moi, après m'être cantonné à la lecture d'ouvrages historiques traitant de territoires vierges et lointains, j'ai prudemment laissé tomber la rédaction de mon *Christophe Colomb.*

Que Marc ait ainsi payé le prix fort pour pouvoir écrire, c'est possible, et littéralement : ainsi ses premiers articles ne lui furent jamais réglés pour la bonne raison qu'il ne prit pas la peine d'envoyer à la comptabilité des journaux les papiers nécessaires. Ce comportement devait par la suite devenir à ce point récurrent, que, plutôt que de faire les démarches pour obtenir son chèque, il lui arriva plus d'une fois d'aller emprunter de l'argent à mes parents — il était encore jeune, à ce moment-là, c'était avant de s'adresser à moi pour régler ses factures. Parallèlement, si la teneur de ses articles, du moins de ceux dont j'eus connaissance, évolua progressivement vers toujours plus de provocation, de sarcasme et de sensationnalisme, n'est-ce pas parce qu'à défaut d'être financière, la valeur de ce qu'il écrivait devait apparaître de manière flagrante, avec toutes les paillettes indispensables afin de le convaincre lui-même ?

Vers la fin des années quatre-vingt, en tout cas, mon frère avait fini par exceller dans ce style si répandu à l'époque : dénigrement systématique, amoralisme cynique, prétention aristocrate à une vérité qui dépasserait toute valeur morale. Et la conséquence, paradoxale pour lui qui cherchait à se distinguer, fut qu'au contraire il parvint quelque temps à se fondre dans la masse. Ainsi, quel que soit l'angle sous lequel on le considère, il lui restait peu de chemin à parcourir pour signer des articles révisionnistes.

Mais est-ce vraiment si sûr ? Déterminisme social, psychologique, voire « communautaire » : à me relire, rien de tout cet arsenal cohérent ne me convainc tout à fait. Qui sait pourquoi les gens font ce qu'ils font ? Marc n'est pas le seul Juif paumé à avoir traîné ses guêtres dans les salles de rédaction parisiennes au milieu des années quatre-vingt. Tous ne se sont pas mis pour autant à écrire des ignominies.

Qui sait pourquoi les gens font ce qu'ils font ? Qui peut expliquer la décision post-mortem de mon père qui lui confiait la publication du dernier manuscrit familial ? Nous ne manquions pas d'introductions dans le milieu éditorial, et certainement de beaucoup plus solides que celles que pouvait prodiguer un pigiste de troisième catégorie dont le nihilisme était de notoriété publique...

Que mon père ait choisi le moins fiable de tous pour s'occuper de cela, avait quelque chose d'incompréhensible, et je n'avais pu trouver à cette énigme que trois explications. La plus improbable était celle d'une sorte d'épreuve initiatique : choisir ce moyen pour obliger Marc à rentrer dans le rang. J'avais rejeté cette première idée : trop psychodramatique, et peu crédible compte tenu de la personnalité de mon père. La seconde hypothèse était celle d'une sorte de jalousie de la part de Serge. Il avait toujours été — comme moi — le laissé-pour-compte, le bon chien, celui dont on n'attendait pas grand-chose d'autre qu'une sorte de gentillesse vide et dénuée de conséquence. Et voici qu'il tenait ce mystérieux manuscrit de mon grand-père, voici qu'il en était le seul détenteur, du moins le supposais-je. N'avait-il pas ainsi la possibilité de se faire valoir? De revendiquer un héritage? C'était un peu tiré par les cheveux, je dois l'admettre, et cela n'expliquait ni pourquoi il aurait attendu sa propre mort pour le faire, ni pourquoi, à moins d'invoquer le lapsus freudien, il aurait confié l'exécution de cette revanche à celui de ses fils qui l'avait toujours ouvertement méprisé.

À moins qu'il n'ait pas eu le choix. À moins qu'il n'existât dans ce texte — et c'était ma troisième idée — quelque chose. Quelque chose de dangereux, qui aurait expliqué que ni mon oncle, ni mon cousin, n'ait tenu à le voir publié. Quelque chose, pensais-je confusément, lié à la période où il avait été écrit, c'est-à-dire un secret lié à la guerre. À la vie dans la clandestinité durant cette période, où précisément tous — mon père, mon oncle, Doubrovsky, mon grand-père — avaient vécu ensemble, cachés.

— Ce sera baroque, tu comprends, disait Doubrovsky en agitant les mains. Je vais reprendre des trucs. Des choses que j'ai déjà dites, et d'autres pas, mais cette fois ce sera pour tout cracher ! Aucun souci chronologique, aucune censure ! Y aura mon oncle, enfin, ton grand-père, Ilse bien sûr, ma mère, ma sœur... Et puis la guerre, évidemment. Enfin, je sais pas, le livre est pas encore écrit, hein. Mais, si je continue comme je suis parti, tel que je le vois maintenant, ça finira sur cette image — la guerre. Tu sais, quand on était tous planqués chez les Moulins, avec ton père ? Un souvenir éblouissant, pour moi. Je crois que ça reste la période la plus heureuse de ma vie — la seule, peut-être.

— La plus heureuse ?

— Oh, absolument, pas de doute là-dessus, on était tous si proches les uns des autres, à ce moment-là... Et puis tout avait un sens, malgré tout, tu vois, on se sentait vivre, on participait à quelque chose, n'est-ce pas... L'Histoire... Extraordinaire, j'en garde un souvenir extraordinaire. Je sais pas comment vous faites, aujourd'hui, vous les jeunes, franchement...

— Mais dis-moi, tu devais tout de même porter l'étoile jaune, non ?

— Oui, oui, bien sûr, tu parles, c'est sûr, les bons offices de la police française... J'ai jamais pardonné ça à la France, moi... L'antisémitisme... Je peux éventuellement comprendre pour des pays comme l'Allemagne ou la Pologne... Là, c'était pas la même chose. Avec tous ces Juifs qui parlaient leur langue, qui s'enfermaient dans leurs shtetels, qui pratiquaient une religion d'un autre âge... Je veux dire, enfin, après tout ?

Je ne savais pas ce que je cherchais — pas précisément. Et je savais que sur cette période, sur mon grand-père, aussi, il ne me dirait rien que dc convenu. Ce que j'espérais ? Un signe. Un élément qui lui échapperait. Quelque chose qu'il ne dirait pas, mais que je sentirais — que je lui volerais. Il prit un morceau de pain sur la petite table entre nous, le tartina de beurre :

— La dernière fois que j'étais à New York, des religieux m'ont arrêté dans la rue. Tu sais, rouflaquettes, caftan, tout le cirque... Ils voulaient savoir si j'étais juif... En pleine Cinquième Avenue, dis donc... En pleine circulation ! Distribuant je ne sais quoi, de la propagande... Tu te rends compte ? Alors merde ! La dernière fois qu'on m'a demandé ça dans la rue c'était en 42, figure-toi ! Alors allez vous faire foutre, merde, je leur ai dit ! Faut que je sorte ma bite circoncise sur Broadway, maintenant ? Après l'étoile jaune sur les Champs-Élysées ? Spectacle de rue, c'est ça ?

Tout en parlant, il avait déposé sur sa tartine deux tranches épaisses de jambon de Parme.

— Mais oui, bien sûr, je suis juif, reprit-il en enfournant le tout dans sa bouche. En tout cas, on me l'a fait porter, cette étoile... Alors dans la mesure où on voulait se débarrasser de moi pour ça, évidemment... Qu'est-ce que je pourrais être d'autre, hein ? En France, qui plus est. Où tout le monde était complètement intégré. Non ça, c'est... J'ai jamais digéré... Jamais réussi à me sentir entièrement chez moi ici, depuis. Le pays des Droits de l'homme... Quand je parle des Français, je dis « ils ». Peux pas dire « nous ». Ça vient pas. « Nous », c'est quand on était ensemble, tu comprends ? Tous ensemble enfermés, planqués, cachés chez les Moulins. Tu vois ? Liés par tant d'amour, ça, alors là, personne pouvait rien contre nous... Personne nous demandait rien.

« *Chacun doit vivre enfermé*, avait-il écrit dans *Le Livre brisé. Les existences sont dissimulées. Les appartements doivent être clos.* » Oui, mais que se passe-t-il entre les gens, lorsqu'ils sont cachés ?

C'était toujours vrai, j'avais pu m'en rendre compte quelques instants plus tôt : pénétrer chez lui revenait à franchir le seuil d'un camp retranché. « *Pour ouvrir ma porte, j'ai tout un jeu de clés.* » J'avais sonné à la vaste et accueillante porte principale, et puis rien, le silence. À la troisième sonnerie seulement, une série de bruits ahurissants — verrous, chaînes tirées, clés tournées : non pas derrière la porte à laquelle j'avais sonné, mais derrière une petite porte latérale et obscure, qui, sur la droite, était passée complètement inaperçue. C'était celle-ci qui avait fini par s'ouvrir, et, à l'invitation de Serge, j'avais pénétré dans le couloir pour découvrir le harnachement industriel dont les deux portes — celle qu'il ouvrait, et celle dont il ne se servait jamais —, étaient également dotées : quatre verrous fermés en permanence, deux chaînes systématiquement tirées, chacune agrémentée d'un système de sécurité infrarouge, plus la clé de la serrure, évidemment tournée. La période la plus heureuse de toute son existence. « *Dans ma vie suis au secret en mon for intérieur. Maintenant je reverrouille soigneusement ma forteresse, en haut, en bas, je cale la clé dans la serrure.* »

— Je suis vraiment très content de te voir, malgré ces circonstances, m'avait-il annoncé en reverrouillant tout derrière moi. On ne se voit plus que dans les cimetières, maintenant, hein ? J'ai mené une vie solitaire, ces derniers temps, tu sais, les problèmes de santé à mon âge, tu n'imagines pas, toi, évidemment, mais crois bien que ça te cloue au lit pour l'année. Prostate, piqûre dans la queue... Je te passe les détails, tout ça est sordide. En tout cas, c'était hors de question, enfin, voir des gens... Quand je pense que ça m'a empêché de revoir Serge avant que... C'était le meilleur d'entre nous, hein... Qu'est-ce que je te sers ?

J'avais pénétré dans le salon tout en longueur, banquette et pesants fauteuils de cuir, murs chargés de reproductions diverses, la haute porte-fenêtre ouvrant sur le perron, qui débouchait dans un charmant petit jardin, en face une porte vitrée, ouvrant, elle, à ce qui me sembla, sur une salle à manger où j'aperçus un poste de télévision.

Le meuble principal de ce salon était un petit secrétaire massif, encombré d'enveloppes à demi ouvertes, de papiers administratifs ou bancaires jetés en vrac dans le tiroir ou sur la table, d'articles de journaux découpés, entassés pêle-mêle. Ce secrétaire faisait face à une porte ouverte en permanence, dans l'embrasure de laquelle, bloquant l'entrée, se tenait le *vrai* bureau, celui dont à l'évidence il se servait pour écrire, et qui était beaucoup plus fruste : une petite table en bois, légère, sans apprêt, soutenant une vieille machine à écrire mécanique, qui, pour l'heure, était recouverte, et derrière laquelle attendait un vieux fauteuil à roulettes dans un état plus que passable. Derrière encore, au mur, un poster reproduisait ce qu'une légende, en anglais, présentait comme le divan original de Freud.

C'était un dispositif étrange et compliqué. Comme la seconde table fermait le passage, on ne pouvait accéder à la bibliothèque de travail que par une seconde porte, laquelle se trouvait, elle, dans le couloir d'entrée. Et l'on constatait alors que la table d'écriture était elle-même doublée d'un autre bureau encore, plus épais, et complètement recouvert de livres empilés jusqu'à mi-hauteur. Parmi eux, je notais la présence de l'un des titres les plus connus de mon cousin, *Un amour de soi*, non loin duquel j'aperçus un manuscrit dont la jaquette indiquait de manière sibylline : *Serge Doubrovsky — le monstre — «Chair»*. Quant aux ouvrages empilés à portée de main, et qui devaient lui servir de documentation, outre quatre gros dictionnaires, à ce que je pus voir ils concernaient tous le même sujet : parmi beaucoup d'autres, Robert Antelme, *L'Écriture ou la vie*, de Semprun, le premier volume des *Mémoires* de Wiesel, Primo Levi, et Raoul Hilberg.

Tout cela — secrétaire cossu d'un côté, table misérable de l'autre — faisait que Doubrovsky ne pouvait s'asseoir à l'un de ses deux bureaux sans, si j'ose dire, se faire face, ou se renvoyer à lui-même en permanence — preuve d'un narcissisme exacerbé, si l'on veut, ou bien signe qu'aucune de ces deux places ne le satisfaisait réellement.

— Excuse le désordre, avait-il souri en posant devant moi une demi-bouteille de vin, un verre, et l'assiette de charcuterie qu'il s'était fait porter. Tu sais ce que c'est, je vis seul, maintenant, je n'ai pas... C'est Ilse qui s'occupait de tout, avant, tu comprends.

J'acquiesçai de la tête. Sa femme, Ilse. Morte dans des conditions qu'il avait relatées, toujours dans *Le Livre brisé*, et qui avaient défrayé la chronique littéraire, dix ans plus tôt. Que se passe-t-il entre les gens lorsqu'ils doivent vivre cachés ?

— C'était un foyer, ici, avant, soupirait-il. Maintenant, c'est... Enfin, tu vois... Un gourbi. Et on s'y habitue, c'est même ça le pire... Manger à n'importe quelle heure, le lit défait en permanence, les draps changés quand j'y pense, pas d'emploi du temps fixe en dehors des cours... J'arriverais plus à vivre autrement, à présent. J'ai une amie, tu sais, chaque fois qu'elle vient, elle a du mal à supporter, évidemment, mais qu'est-ce que tu veux que j'y fasse ? Je ne vais plus changer ma façon de vivre à mon âge... Alors, elle vient, la plupart du temps on va au restaurant, parce que la cuisine, moi, je... Et elle aime pas le traiteur, en plus...

À intervalles réguliers, un demi-sourire sardonique venait démentir l'amertume apparente de ce qu'il disait. Je concevais quelques doutes sérieux, de toute façon, sur la nostalgie avec laquelle il parlait de son dernier mariage. Pas seulement à cause de ce qu'il en avait écrit dans *Le Livre brisé*, ni parce qu'il avait, depuis, noué une liaison avec une femme mariée recrutée dans les petites annonces du *Nouvel Observateur*, ainsi qu'il l'a lui-même raconté, non sans délectation, dans *L'Après-vivre.*

— En fait, son mari est très gentil avec moi, tu sais, on est à tu et à toi, quand je téléphone, c'est : «Je te passe ma femme», c'est ce qu'il me dit, et l'expression est vraiment à prendre, enfin, au pied de la lettre. Moi, bon, moi, je leur suis plutôt... Non, c'est vrai, je trouve ça... Je peux pas m'empêcher de penser qu'elle sera sans doute la dernière femme de ma vie, tu comprends... Tout ce que je lui demande c'est de m'accorder encore, quoi, cinq ou sept ans, après... C'est comme le reste, ça... Je m'arrête au XXe siècle, moi. C'est mon siècle... Celui de l'Histoire et de ses cauchemars. Je m'y sens bien. Sans doute le dernier siècle des écrivains, non? Alors aucune envie d'aller plus loin...

Et en matière de cauchemars, c'était une sorte de spécialiste.

J'avais été l'un des premiers à le mettre en cause, dix ans plus tôt, après qu'il se fut lancé, depuis New York, où, un an sur deux, il devait rentrer pour assurer ses cours, dans le récit romancé et apocalyptique de son mariage, qui allait devenir son livre le plus célèbre. Ilse, sa femme de vingt-cinq ans plus jeune, se trouvait, elle, bloquée à Paris pour quelques semaines, à la suite d'une histoire peu crédible de carte verte périmée, à quoi s'ajoutait une entorse à la cheville qui l'empêchait (disait-elle) de prendre l'avion. Entorse d'autant plus pénible que, comme chaque fois qu'ils s'absentaient de Paris, ils avaient sous-loué leur appartement du XVIe arrondissement, en rez-de-chaussée, ce qui avait obligé Ilse à se rabattre, de manière imprévue, sur un petit studio prêté par des amis, au cinquième étage d'un immeuble vétuste, dont elle devait gravir les marches chaque jour. C'est dans ce lieu somme toute assez sordide, situé au fond du XVe arrondissement, en face d'un dispensaire de nuit pour SDF, qu'un matin elle avait été retrouvée morte, une bouteille de vodka dans le ventre, le manuscrit de son époux ostensiblement ouvert sur la table de nuit.

Comme le livre racontait, sans précaution particulière, la déchéance alcoolique d'Ilse au fur et à mesure de leurs dix années de dévastation conjugale, il n'avait fait de doute pour personne que sa lecture fût à l'origine du drame. Serge, en bon époux attentionné, lui avait envoyé très régulièrement les chapitres, un à un, comme autant de coups de poignard, afin qu'elle les lise. Officiellement, lui avait-il expliqué, c'était pour avoir son aval, afin qu'elle exerce, en tant que protagoniste, son droit de censure. Mais la tâche était bien évidemment impossible, et doublement, comme aurait pu le comprendre n'importe quel étudiant en psychologie.

Ilse s'était en effet toujours vue en aide de camp du grand écrivain. Elle l'avait non seulement soutenu, mais suivi de chaque côté de l'Atlantique au cours de leurs huit années de mariage, lui sacrifiant sa stabilité géographique, ses intérêts, ses études, son parcours professionnel, le conseillant, relisant ses textes, l'aidant même à élaborer sa stratégie littéraire. S'il y avait donc une chose qu'elle ne pouvait pas concevoir, c'était, bien entendu, d'exercer la moindre censure à son encontre. Et d'autant moins, en l'occurrence, ainsi que Doubrovsky le répète lui-même constamment dans son livre, qu'elle était non seulement au centre de la narration, mais à l'origine du projet lui-même. C'était elle, écrit en effet mon cousin, qui n'avait cessé de le «*mettre au défi*» de raconter leur mariage, et leur vie de couple. Comment aurait-elle pu l'arrêter ensuite? «*Ma femme me tient. Elle m'a jeté son défi à la figure*», écrit Doubrovsky au début du roman, présentant le pacte qu'il vient de passer avec elle, et qui consiste à «*reculer les limites du dicible*». «*Inutile de lui expliquer*, commente-t-il prémonitoirement, *que, justement, si j'écris, c'est pour tuer une femme par livre.*»

Et de fait, chaque page ou presque s'attardait avec une cruauté époustouflante, non seulement sur leur vie conjugale, mais sur sa souffrance à elle : boisson récurrente, tentatives de suicide, déformation du corps due à l'alcool, avortements répétés, contre sa volonté, et dont un, au moins, particulièrement sordide, avait tourné à la boucherie.

Comment vivent les gens lorsqu'ils doivent vivre cachés ?

Il faut l'imaginer, Ilse, dans ce lieu misérable d'un quartier complètement excentré, seule, coincée au cinquième étage du fait de son entorse, sans autre distraction que la lecture de ces chapitres, dont elle redoutait, guettait, et espérait, probablement aussi, chaque jour, l'arrivée dans sa boîte aux lettres. Tant de solitude, tant de désarroi, la confrontation écrite régulière avec ce qu'elle avait fait de sa vie, minutieusement disséqué par celui-là même à qui elle l'avait sacrifiée. Cela peut-il expliquer qu'en désespoir de cause, sur le chemin de cette espèce de suicide accidentel — le caractère intentionnel du geste n'avait jamais pu être déterminé —, cela peut-il expliquer qu'elle en soit venue à appeler mon frère ?

Et, comme toujours quand il s'agit de Marc, savoir ce qu'il venait faire dans cette histoire qui ne le concernait en rien est presque impossible. Il semblait juste qu'il fût là dès que quelque chose se mettait à déconner dans la famille. Mais telles étaient, en tout cas, les deux raisons de ma visite à Doubrovsky. La relecture attentive que j'avais faite au cours des jours précédents, de ses livres, dont certains chapitres, qui concernaient la guerre, me semblaient comme le palimpseste du manuscrit invisible de mon grand-père, et, d'autre part, la présence périphérique de mon frère, dans le drame qui l'avait frappé.

La sacralisation de l'écriture jouait également un rôle dans l'histoire de Serge. Il avait inclus jusqu'au récit de la mort de sa femme dans le roman, et celui-ci, une fois achevé, agrémenté de la part de l'éditeur d'un bandeau racoleur insistant sur le caractère pathologique de l'épisode, avait connu, sous le double titre *Le Livre brisé — un livre-monstre*, un succès de scandale. C'est qu'à jouer les Faust avec la fiction, à passer de la réalité en contrebande, le roi de l'autobiographie caviardée, inventeur de la nouvelle critique et spécialiste incontesté de la tragédie cornélienne, s'était fait rattraper par la vie qui, sous forme de tragédie, bien réelle cette fois, était venue pulvériser son existence autofictionnée. Il y avait tout de même gagné le prix Médicis, et l'exclusivité absolue, dans les annales de la télévision, d'une espèce de procès public, en direct, au cours d'une mémorable émission d'« Apostrophes ». Écrivain Barbe-Bleue, empereur de l'égotisme littéraire, le stylo doté d'une telle puissance qu'il en devenait mortel pour celles qui succombaient à son charme : tel était désormais l'étrange statut de mon cousin. Un auteur — issu d'une famille où l'écriture avait une telle importance — un auteur pouvait-il rêver mieux?

Marie et moi avions bien sûr jugé toute l'affaire malsaine et absolument scandaleuse. Dans la famille, nous n'étions pas les seuls. Il était clair pour tout le monde depuis longtemps qu'à force de jouer avec le feu, Serge finirait par s'y brûler. Mais ce qui semblait particulièrement odieux, et inattendu, c'est qu'il se fût en quelque sorte brûlé par procuration. Il avait utilisé un être psychiquement plus fragile que lui, l'avait manipulé, usé, torturé jusqu'à la fin, dans le seul et unique but d'achever son entreprise littéraire. Ce n'était certes pas la conception que nous nous faisions de la littérature. Marie en particulier n'avait pas eu de mots assez durs à l'époque, pour fustiger mon cousin. Elle avait vu dans son attitude, comme dans le résultat final, c'est-à-dire le livre, l'expression la plus ahurissante et la plus extrême de l'égoïsme sadique et machiste dont un homme peut faire preuve. Tout cela dénotait une misère affective et intellectuelle sans équivalent, qui transparaissait à chaque ligne. Elle n'était pas loin de penser qu'il aurait fallu traduire mon cousin en justice pour meurtre, et, comme d'habitude, si j'étais d'accord avec le diagnostic, je trouvais le jugement excessif, lorsque je l'entendais formulé par quelqu'un d'autre que moi.

C'est peut-être la raison pour laquelle je n'avais rien dit à Marie de ce que Marc m'avait raconté à propos de cette histoire : entre mon frère et mon cousin, ma femme me semblait bien assez remontée contre ma famille pour que je n'en rajoute pas. Toutefois, sur le moment, j'avais jugé quelque peu inquiétante la manière dont Marc était venu renifler ce cadavre.

Je le voyais très peu, déjà, à ce moment-là. Il vivait alors dans un appartement payé par un ami, quelque part du côté de Barbès. L'été qui avait suivi ces événements, nous avions déménagé, à cette occasion je m'étais débarrassé d'un réfrigérateur qu'il était venu récupérer, et, après le transport, pour me remercier, il m'avait emmené boire un verre à la terrasse d'un café.

Il avait changé, du moins en apparence. L'adolescent exubérant et sûr de lui, qui déclamait ses poèmes parfois en pleine rue, avait fait place à un jeune type taciturne, crispé, à vrai dire assez secret, avec en permanence un livre sous le bras, à l'évidence toujours aussi persuadé de sa valeur, quoique hésitant, provisoirement, sur la manière dont il convenait de l'exprimer. Il s'était laissé pousser les cheveux loin sur la nuque, et portait des vestes de tissus colorés d'assez mauvais goût, qui lui donnaient quelque chose d'efféminé. À cette époque, il avait laissé tomber le journalisme pour un travail de lecteur dans une petite maison d'édition, qui devait faire faillite peu de temps après, si bien qu'il passait l'essentiel de ses journées chez lui, ou au bistrot, à faire semblant de lire des manuscrits impubliables, pour un salaire pathétique. Il s'en vantait d'ailleurs volontiers. N'avoir pas de travail régulier constituait, eût-on dit, une preuve supplémentaire de la liberté que lui autorisait son statut d'élu. Mais, comme il ne gagnait pas sa vie, il lui avait bien fallu trouver une solution. Il avait choisi de s'installer dans le deux-pièces du seul ami que je lui connaissais alors : un journaliste algérien alcoolique, qui passait le plus clair de son temps dans les bars fréquentés par l'émigration politique de son pays. Un homme assez sympathique, au demeurant, je dois dire. Il m'avait ouvert la porte avec un tel empressement qu'on aurait pu croire que c'était Marc qui l'hébergeait, plutôt que l'inverse. J'ajoute que l'éventualité d'une relation homosexuelle venait immédiatement à l'esprit dès qu'on les voyait ensemble. Je n'ai jamais eu de certitude, là-dessus, pas plus que sur beaucoup d'autres choses concernant mon frère, et il est incontestable que, trois ans plus tard, Marc quitta cet appartement pour vivre avec Lucile : mais dans quel état de dépression se trouvait Lucile, lorsqu'elle le rencontra? Les femmes de mon frère! Celles que j'ai pu croiser, du moins... Suicidaires multirécidivistes. Libérées sous caution d'hôpitaux psychiatriques. Dépressives chroniques, le genre solitaires sauvages et dangereuses. Je me souviens de l'une d'entre elles, une actrice au chômage, qui avait pour habitude les soirs de déprime de se lacérer les jambes à coups de lame de rasoir. Je me souviens d'une autre, en proie à des attaques de panique, qui faisait de réguliers séjours en maison de repos. Une troisième encore se réveillait parfois le matin, la nuque et l'épaule droite paralysées par l'angoisse, la peau violacée. Elles étaient si faciles à manipuler. Pas d'autre existence que le miroir qu'il était pour elles. *Vivre avec lui*, m'avait dit Lucile, *c'était comme vivre seule, mais en pire.*

Faut-il créditer Ilse d'un masochisme intuitif lorsque, prisonnière du cinquième étage de son studio, et des pages que lui envoyait son mari, à quelques semaines de sa mort, elle prit son téléphone et composa le numéro de Marc ?

J'avais eu une vague idée de la manière dont il vivait, en découvrant la crasse de la cuisine où nous avions installé le frigidaire. Parmi les cadavres de bouteilles vides, la vaisselle s'empilait dans le lavabo, répandant dans tout l'appartement une odeur infecte de pourriture. J'avais entraperçu dans le salon le divan converti en lit, sur lequel il dormait, au milieu d'un bazar assez considérable, où se mêlaient livres, manuscrits, restes refroidis de petit déjeuner, linge suspect, odeurs fétides.

Peut-être pour que je n'en voie pas plus, nous étions descendus boire un café, dans l'un des petits bistrots arabes du quartier. C'était, non loin de la Goutte-d'Or, une rue calme et déserte, un après-midi du mois d'août 1985.

Nous ne nous étions pas revus depuis l'enterrement d'Ilse trois mois plus tôt, et c'était presque naturellement — pour autant que quoi que ce soit était naturel entre lui et moi — que nous nous étions mis à en parler. Après les commentaires d'usage, neutres et sans le moindre intérêt, et quelques instants de silence, il releva brusquement la tête.

— Tu sais que je l'ai connue?

— Qui ça?

— Elle. Elle m'a appelé un peu avant de se foutre en l'air.

C'est comme ça que je l'ai su. Aussi simplement. Et à vrai dire, je n'en ai pas su beaucoup plus. Depuis l'âge adulte, sans que nous nous en rendions compte, il nous était progressivement devenu difficile, à mon frère et à moi, d'échanger ne serait-ce que trois phrases. Ainsi lorsqu'il me demandait de manière convenue des nouvelles de Marie, je lui répondais sur le même ton poli, mais je ne pouvais m'empêcher d'entendre un mépris ironique sous-jacent, et je sais que de son côté il écoutait ma réponse avec le sentiment d'une certaine suffisance de ma part. Nous ne pouvions pas nous parler sans faire suivre chacune de nos phrases d'une longue période de silence qui nous aidait à digérer la gêne, et même l'hostilité, que nous éprouvions l'un pour l'autre.

— Elle m'a téléphoné un soir à onze heures, reprit-il. Elle voulait des nouvelles. Elle voulait me voir. Elle était toute seule dans son studio, apparemment. Tu sais ce qu'elle m'a dit ? Elle m'a dit qu'elle avait choisi de m'appeler moi, parce que j'étais « le mouton noir de la famille ». Va savoir d'où elle sortait ça. Difficile de refuser, après un compliment pareil, non ?

Il avait beau prendre un air détaché, il ne pouvait s'empêcher de ricaner, et tous les signes de l'excitation se lisaient sur son visage. C'était la certitude jouissive d'avoir participé à un événement réel, c'est-à-dire médiatisé, de la vie littéraire parisienne. Le drame, la mort, la réalité de ce qui s'était passé lui échappaient complètement.

— Vous vous connaissiez ?

— Pas du tout. Je l'avais rencontrée, je crois une fois, vaguement, comme ça... J'ai pas compris. Mais j'y suis allé, hein. Par curiosité. On a dîné ensemble plusieurs fois, toujours à sa demande. Elle picolait, pas de doutes à ce sujet. Elle racontait aussi des histoires absolument incroyables.

— Du genre ?

— Oh, des trucs. Sur la famille. Sur grand-père... Je crois pas que ça puisse t'intéresser. Et elle m'a appelé le soir de sa mort. Ça semblait assez urgent. J'ai trouvé le message en rentrant le lendemain matin. Trop tard, je suppose.

J'étais si dégoûté par sa froideur qu'il ne m'était pas venu à l'idée de l'interroger plus avant. En sortant du café, je m'étais efforcé de ranger ses confidences parmi les détails à oublier, qui commençaient à devenir nombreux, à son sujet. Et je serais parvenu à ne jamais repenser à cette histoire si, plus de dix ans plus tard, Lucile ne m'avait mis sous les yeux son article révisionniste, et si je n'avais dû me mettre à sa recherche.

Bien que toutes les critiques se soient concentrées sur l'aspect « chronique conjugale » du livre de Doubrovksy, ce que racontait *Le Livre brisé*, en fait, ce n'était pas seulement la déchéance d'un couple, c'était aussi la liaison d'un Juif obsédé par ses souvenirs de l'Occupation, avec une Autrichienne, dont le grand-père avait été flic, le père, soldat de la Wehrmacht, et l'oncle, SS. Une Autrichienne qui, comme l'écrit mon cousin dans la reconstruction de l'éloge funèbre qu'il improvisa au cimetière, « *souffrait dans son cœur, d'une souffrance très vive, très personnelle, du mal que son pays a fait aux juifs* ». Que mon frère soit venu jouer les satellites mondains autour de ce drame, dix ans avant de basculer dans le révisionnisme, me semblait tout sauf anodin.

Je dois dire qu'à l'époque de sa sortie, j'avais lu le livre à reculons, avec une répugnance encouragée par Marie, et sans m'attarder aux détails. Ce n'était qu'après mon entretien avec Luddmeyer, que, m'étant enfin décidé à rouvrir cette chronique minutieuse et furieuse de la haine qui les avait si fermement attachés l'un à l'autre, j'étais tombé, un soir, en arrêt sur ce passage. J'avais tout d'abord buté sur les phrases sans vraiment comprendre ce qu'elles pouvaient bien avoir pour moi de si remarquable : «*J'aimerais dire une dernière chose, et qui est peut-être, sur notre rapport, à Ilse et à moi, le dernier mot. Ce qui nous a rapprochés le plus profondément, ce qui nous a liés le plus intimement, c'est que cette jeune Autrichienne souffrait dans son cœur...*» Etc. Un chef-d'œuvre d'ambiguïté. Ce qui se présentait comme un éloge de la prise de conscience pouvait être lu, en sous-main, comme l'aveu d'une liaison sadique, basée sur une effrayante culpabilité intime. «*Bien qu'elle ne fût pas née à l'époque*, continuait-il, *elle se sentait responsable des crimes de ses compatriotes, le passé de sa terre natale était pour elle un cruel tourment.*»

Bien qu'elle ne fût pas née à l'époque : tout était là. C'était cela qui m'avait arrêté, c'était la clé. Qu'est-ce qui avait poussé une Autrichienne, jolie, intelligente, pleine d'avenir, et par-dessus tout jeune, à épouser un Juif de deux fois son âge, *hanté par des souvenirs qui n'avaient rien à voir avec elle ?* Et, dans le même ordre d'idées : qu'est-ce qui avait poussé un journaliste raté à essayer de se refaire avec des théories provocantes *à propos de quelque chose qu'il n'avait pas connu ?* Et d'où venait, en fin de compte, l'étrange fascination qui, sous prétexte de retrouver mon frère, me poussait, moi, à m'engouffrer dans cette même brèche, ce passé piégé qui n'était pas le nôtre, et où nous nous embourbions tous avec tant d'enthousiasme ? La guerre. C'était ce que nous vivions, et ça ne nous appartenait pas. C'était une histoire qui n'était pas la nôtre, une époque que nous n'avions pas connue, et pourtant ça nous hantait — suffisamment pour qu'elle en meure, pour que mon frère se change en monstre au rabais, pour que je me sente moi-même happé par ces fantômes. Fallait-il vraiment incriminer tout le non-dit des dernières décennies, comme le prétendait régulièrement la presse, ou bien ne fallait-il pas plutôt, comme j'étais enclin à le faire, voir là la marque de notre ennui ? *Je ne sais pas comment vous faites, vous les jeunes pour avoir le sentiment d'exister encore*, m'avait dit Doubrovksy. *Moi, l'an 2000, non merci. Je reste indéfectiblement lyrique.* La nostalgie de l'Histoire. Un désir littéraire de lyrisme et d'épopée. Et, avec tout cela, la fringale de l'héritage. Le comportement masochiste d'Ilse, l'élan révisionniste de mon frère avaient-ils d'autre cause que le même désir perverti d'être, tout comme moi, de bons enfants obéissants, instruits à l'école de l'Histoire ? Excès de responsabilité, déni de responsabilité : tout juste bons à nous faire croire que nous existions nous aussi. *Je ne sais pas comment vous faites, vous les jeunes, pour croire encore en quelque chose.* Eh bien, voilà comment nous faisions. À trop désirer l'Histoire, nous nous raccrochions à ses figures les plus monstrueuses. Ilse tout comme moi s'était tenue devant Doubrovsky, dans l'attente d'être dévorée par ses textes, sa mémoire vorace et sexuelle, ses souvenirs sinon mensongers, du moins fictionnalisés. Mais parfois les jeux deviennent réels, sans qu'on le veuille. Dans quel camp se situait Ilse, en fin de compte ? Qui manipulait qui ? En apparence évidemment, ainsi que je l'avais cru moi-même, elle était la victime consentante d'un substitut paternel pervers. Mais, n'était-ce pas un peu trop simple ? N'y avait-il pas quelque chose de bizarre dans cette idyllique inversion des places, ou le Juif prenait le rôle du bourreau pour opprimer l'innocente Autrichienne ? Au premier tiers du livre, par exemple, alors que Doubrovsky est à Paris et Ilse aux États-Unis, ils ont une conversation téléphonique au cours de laquelle elle parvient à reconstituer son emploi du temps à lui, presque heure par heure. Comment supposer qu'une femme capable d'une telle intuition soit assez aveugle pour ne pas comprendre ce qui est en train de se jouer entre eux ? Dans le livre, mon cousin est régulièrement insulté par Ilse, et même de manière fort humiliante. Il est à maintes reprises mentionné que le roman lui échappe, qu'il est en quelque sorte écrit sous sa dictée, *à elle*. « *Ma femme s'empare de ma plume. Elle édicte ce que je dois dire. Comme s'il n'y avait point assez de conflits dans notre existence, la relater en crée d'autres.* » Et plus loin : « *Puisque femme le veut, je m'exécute. Je l'exécute.* » La question qui se pose est donc la suivante : dans quelle mesure Ilse n'a-t-elle pas utilisé à son profit le fantasme d'une écriture toute-puissante qui courait dans la famille ? Dans quelle mesure n'a-t-elle pas entièrement manipulé mon cousin pour obtenir ce qu'en fait elle voulait ?

Un livre qui détournait une culpabilité pour elle insupportable. Un livre conjugué tout entier sur le mode d'un révisionnisme intime. Et dans ce cas, le plus étrange n'était pas qu'elle se fût livrée de cette manière à la déchéance et à la mort, non, le plus étrange, la véritable énigme, c'était de savoir ce qui avait bien pu le pousser, lui, mon cousin, à s'enthousiasmer ainsi pour le rôle monstrueux du coupable idéal ? « *On aurait dû te gazer, me dit-elle, ma femme, et moi, incapable de me contrôler, je lui envoyai mon poing sur la gueule, frappant coup sur coup, dur et sec.* HEIL HITLER. *Pas toujours les mêmes qui trinquent. Cette fois c'était elle la tzigane, la Juive, et moi le SS.* « Moi le SS. » Qu'est-ce qu'on avait, tous, dans la famille ? Qu'est-ce qui n'allait pas, chez nous ? Pourquoi nos apparences s'obstinaient-elles à vouloir nous tromper, la réalité avec la fiction, le Juif dans le rôle du SS, moi dans le rôle de mon frère, et mon frère dans celui du révisionniste ?

Après un frugal repas, ce fut l'heure de sa promenade.

— Mon existence est réglée comme du papier à musique, maintenant, tu vois, disait-il en enfilant son blouson. Écriture le matin, promenade au bois l'après-midi... Puis, tâtant ses poches : Qu'est-ce que j'ai foutu de mon portefeuille, bon Dieu ? Faut toujours que...

Alors à grandes enjambées à travers tout l'appartement, comme s'il lui avait été impossible de rester en place :

— J'oublie toujours quelque chose, excuse-moi mais... Ça alors, c'est vraiment...

La démarche nerveuse, étonnamment véloce pour un corps aussi vaste, sa silhouette massive et voûtée pourtant virevoltante, tournoyant à travers les pièces, traversant, tout en nerfs, la salle à manger, le salon, puis disparaissant dans le couloir, jusqu'à sa chambre et retour, sans jamais se départir de ce sourire sarcastique dont il m'avait gratifié depuis mon arrivée, agitant les mains, laissant entrevoir, au détour d'un geste, quelque chose d'un insecte fuyant la lumière...

— Incroyable, hein. Si je retrouve pas ce truc, alors là... C'est pas n'importe quoi, tu comprends, j'ai des papiers là-dedans, je peux pas les faire refaire comme ça, tous mes papiers américains...

L'âge, disait-il, l'âge. Son portefeuille traînait à l'endroit le plus évident, dans le tiroir à demi ouvert du secrétaire désordonné.

Il s'en saisit, l'enfourna dans la poche arrière de son pantalon, et, enfin, non sans avoir auparavant sacrifié à la cérémonie des serrures de la porte de service, nous nous retrouvâmes dehors.

— Ah, soupira-t-il... Avant, c'était, il y a quoi, seulement vingt ans peut-être... Je partais en vadrouille, moi, par un temps pareil. Il m'arrivait de faire des milliers de kilomètres à travers les États-Unis en voiture, tu sais, c'était formidable, je m'arrêtais dans les motels au hasard, j'arrivais à destination en pleine forme. Aujourd'hui... La dernière fois que j'ai pris la route, j'étais avec mon amie, je l'ai emmenée jusqu'à Deauville... Eh bien, quand on est arrivés, voilà, je me suis dit, c'est ça, je n'aurais pas pu aller vraiment beaucoup plus loin... Ça allait, mais enfin, c'était bon, quoi. C'est vraiment ce qu'il y a de pire, ça, dans la vieillesse, sentir que... Tu te rends compte qu'avant je pouvais écrire une moyenne de cinq pages par jour ? Aujourd'hui, si je suis à deux, deux et demie, je suis content...

Disait-il, marchant d'un pas que j'avais presque du mal à suivre, et souriant toujours.

Enfin, aux abords du métro Pompe, il se figea. Et, désignant, face à nous, au bout de la rue, dans l'enfilade du lycée Janson-de-Sailly, les volets de l'appartement qu'avait habité mon grand-père jusqu'à sa mort :

— Ah ! Nous voilà en terrain familier, hein...

Il resta sans bouger à contempler les fenêtres lointaines.

Bien que ses livres fussent d'une complaisante noirceur, d'une perversité sans égale pour tout ce qui concernait sa vie privée, bien qu'il jouât constamment sur le registre pathologique et anormal de sa personnalité, son sens destructeur de l'ironie s'arrêtait là où commençait la famille. La saga Weitzmann, telle qu'il l'avait décrite dans son œuvre, restait l'indéfectible et édifiante histoire d'une succession de pères héroïques et d'enfants prodigues, un long défilé victorieux aux olympiades de la morale, du bon droit, et de l'amour fraternel, dont mon grand-père était à la fois le champion, et l'éclatant César, « *tonton aimé, aïeul, oncle, père, essentiel à ma vie* », ainsi qu'il avait pieusement écrit en dédicace de son exemplaire du *Livre brisé*.

— C'est bizarre, hein, dit-il. Les volets sont toujours clos. Depuis sa mort je viens souvent par ici pour me recueillir, et les volets sont toujours clos.

— L'appartement est peut-être vide.

— Depuis sept ans ? Ça m'étonnerait...

Nous restâmes debout un long moment à méditer sur ces volets clos. Puis, sur le ton le plus anodin, je risquai :

— Au fait, tu sais quelque chose d'un manuscrit qu'il aurait laissé ?

— Un manuscrit ? Qui ça ?

— Grand-père. Un texte qu'il aurait écrit pendant la guerre. Jamais publié.

— Un texte ? Non, je vois pas.

— Des sortes de mémoires, je crois.

— Pendant la guerre, tu sais, à ce moment-là, il avait autre chose à faire qu'à consigner ses souvenirs.

— D'après Luddmeyer, il aurait écrit ça en 42.

— Luddmeyer ? Qu'est-ce qu'il connaît à la famille, Luddmeyer ? En 42, ton grand-père était dans la Résistance. On le voyait débarquer chez nous, dans la maison où les Moulins nous cachaient, une fois tous les mois, peut-être. Il arrivait fatigué, maigre, il restait là quelques jours et il repartait. Alors franchement, je vois pas...

— Il aurait pu tenir un journal, ça n'aurait rien d'exceptionnel.

— Oui ? Possible. Pourquoi pas ?

Il me fixa brièvement et détourna les yeux.

— Et qu'est-ce qu'il y aurait, dans ce journal ? reprit-il.

— Je n'en sais rien, justement. C'est Luddmeyer. Mon père en parle dans ses papiers...

— Vraiment ? Écoute, on s'est vus très souvent, avec mon oncle, tu sais.

— Je sais...

— Jusqu'à la fin, on a eu un tas de discussions sur tous les sujets, lui et moi.

— C'est justement pour ça que...

— J'étais le seul à qui il se confiait vraiment, je peux le dire sans me vanter, et sur cette période, en plus, bon, tu sais ce que ça représente — alors s'il avait eu quelque chose d'inédit là-dessus, il m'en aurait parlé, tu ne crois pas ?

— Certainement.

— Il me l'aurait fait lire.

— Tout à fait.

Échange de regards silencieux.

— C'est bien pour ça que je te pose la question, ajoutai-je.

Et, cette fois, ce fut à mon tour de sourire.

Chapitre 4

LA VÉRITABLE NATURE DE MA TRAHISON

Je n'avais pas tellement de possibilités pour retrouver mon frère. J'étais évidemment retourné chez lui dans l'espoir d'y dénicher le texte en question mais c'était peine perdue. De son agence immobilière, j'avais obtenu les coordonnées de la propriétaire de son appartement, une vieille dame à la retraite, qui vivait à Nice, je l'avais appelée, et, fort surprise de ce que je lui apprenais de l'absence de son locataire, elle m'avait confirmé qu'elle recevait le loyer, avec régularité, entre le premier et le dix de chaque mois. Les enveloppes étaient postées de Paris, c'était tout ce qu'elle pouvait m'en dire. J'avais par ailleurs constaté que la boîte aux lettres était vide, quelqu'un venait donc ramasser le courrier de temps à autre, mais le concierge avait été incapable de me renseigner à ce sujet. Néanmoins, j'avais laissé un mot dans une enveloppe, expliquant à mon frère que notre père était mort, et lui demandant, dès qu'il serait informé, de se mettre en contact avec moi. Après quoi, j'appelai Étienne, mon ami historien, lui demandai un rendez-vous avec quelques-uns de ses spécialistes de la chasse aux révisionnistes, afin qu'ils puissent m'aider à trouver des informations sur la revue dans laquelle Marc avait signé ses ignominies. La brochure ne contenait en effet ni adresse, ni numéro de téléphone, comme de coutume, j'imagine.

Il y avait une possibilité que je refusais encore d'examiner, pour le moment, sans cesser pourtant d'y songer. Si mon frère s'était engagé dans quelque histoire vraiment peu claire ? S'il avait été obligé de quitter, au moins provisoirement, son appartement, pour un endroit plus sûr ? Après tout, ce milieu d'extrémistes qu'il fréquentait, ce n'était pas spécialement un vivier d'enfants de chœur.

À la maison, Marie ne savait toujours rien. Notre existence, à cette époque, était encore rythmée par les visites qu'elle ou moi, chacun son tour, faisions régulièrement à ma mère, si bien que nous ne nous retrouvions le soir qu'assez tard, pour dîner rapidement devant la télévision, ce qui avait l'immense avantage de nous éviter toute discussion.

Les raisons de mon silence me semblaient chaque jour à la fois moins claires, et plus nécessaires. J'avais commencé par lui dissimuler ce que j'avais appris sur Marc, et, une fois lancé sur les rails, un mensonge, n'est-ce pas, tend à vivre sa vie, voire à modeler la réalité de celui qui l'a proféré. Par ailleurs, depuis ma rencontre avec Doubrovsky, j'éprouvais le curieux sentiment de me livrer à une sorte de trafic obscur, et vaguement délictueux, avec ma famille. Non que les paroles de mon cousin m'aient persuadé le moins du monde, au contraire. C'était plutôt dans ce qu'il ne m'avait pas dit, dans ce qu'il avait, j'en étais convaincu, gardé pour lui, que je m'étais forgé une opinion. Entre eux tous et mon père, il avait existé une vérité cachée. Et j'étais certain maintenant que cela remontait à la guerre. Quelque chose de terrible avait dû survenir à ce moment-là, durant leur période de clandestinité. Et il allait de soi, bien sûr, que cela me concernait aussi. J'y avais ma part. Lorsque je saurais de quoi il s'agissait, je comprendrais tout. Tout, c'est-à-dire tout ce que j'avais pressenti dans mon enfance sans jamais pouvoir le nommer. Oui, c'était cela, c'était la source, c'était ma propre origine, qui se trouvait, d'une manière ou d'une autre, consignée dans ce manuscrit que Marc avait en sa possession : un secret. Et pas une seconde à dater de cet instant où je me suis séparé de Doubrovsky sur le trottoir de l'avenue Georges-Mandel, en face des fenêtres closes de ce qui avait été l'appartement de mon grand-père, pas une seconde, je n'ai envisagé d'explication plus simple, et pourtant infiniment plus rationnelle, que celle-ci.

Dans les premières pages du *Livre brisé*,

Doubrovsky s'étend longuement sur la fascination qu'exerce sur lui une émission consacrée à Anne Frank. Marie et moi, dix ans plus tard, nous avions le choix : le scandale des avoirs juifs secrètement conservés par les banques suisses durant cinquante ans, la commission d'enquête sur la spoliation des biens juifs par l'État français pendant la guerre, les péripéties du procès de Maurice Papon ; tout cela pouvait à bon droit accaparer notre attention devant le petit écran, le soir, pour nous éviter de parler. Et qui a dit que l'Histoire accélère ? Ce n'était plus, comme autrefois, Serge Klarsfeld qui dissertait sur l'Occupation, c'était son fils qui fustigeait Papon, un type d'à peu près mon âge, aux allures de playboy, dont Marie — qui avait acheté son livre et l'avait trouvé, m'avait-elle dit, « vraiment pas mal » — guettait chacune des apparitions avec des enthousiasmes de midinette. Moi, je ne pouvais guère regarder tout cela sans éprouver le sentiment d'une sorte de connexion secrète, entre l'écran et mes préoccupations personnelles. C'est en songeant à Doubrovsky que j'écoutais Klarsfeld. *Bien qu'elle ne fût pas née à l'époque, elle se sentait responsable.* Nous étions donc tous pareils, nous, les bons fils ! Fidèles à nos pères, prompts à l'héritage ! Avec quel enthousiasme nous cherchions à bien agir. Quelle étrange propension nous avions à faire tourner les tables de la Loi, pour entretenir les fantômes ! *Zakhor*, souviens-toi. Et voici qu'en Allemagne, un jeune Juif américain, fils de déporté, entamait une tournée triomphale pour promouvoir son livre accusant les Allemands de culpabilité collective, dans la Shoah. Tout le monde avait l'air de trouver ça fantastique, là-bas. Nous, coupables ? C'est merveilleux. *Il est merveilleux*, disait une matrone allemande dont le visage extatique emplissait tout l'écran. *Il est merveilleux, je l'adopte immédiatement.* Zakhor. À Hébron, un jeune soldat israélien tirait sur la foule pour protéger la tombe de son père Abraham. Souviens-toi. Et qu'est-ce qui aurait été préférable ? Oublier ? Se laver de toute culpabilité, comme Marc avait cherché à le faire ? Traîner son père dans la boue ? Il y était déjà : c'est dans une décharge publique du sud de la France, que l'on venait de découvrir un fichier administratif concernant l'internement, en 1942, de plus de deux mille Juifs dans le camp de Rivesaltes. Cinq cents pages, au milieu des ordures : même le hasard jouait avec les symboles. Le mystère, selon le journaliste, était de savoir comment de tels documents avaient échoué là. J'avais mon idée, moi, sur la question : un fils obéissant, là encore, hanté par la mémoire et le désir d'oubli. Quelqu'un dont le père, après s'être compromis durant la guerre, aurait gardé ces papiers dans ses archives intimes, quelqu'un qui, à la mort de ce père, n'avait eu de cesse de s'en débarrasser, sans savoir, sans oser savoir, ce qu'ils contenaient. Trop de mémoire, ou trop d'oubli : c'était toujours pour les pères que nous agissions. Mais il me semblait que si j'avais l'imprudence de dire ce que ces images m'évoquaient, ce que je dirais serait alors retenu contre moi — pour conserver un langage télévisuel —, et d'une certaine manière je me trahirais, je ne parviendrais plus à croire à ce rôle de fils vertueux, scandalisé, obstiné à découvrir la vérité, auquel je me raccrochais avec tant d'acharnement.

Une seule fois, durant ces quelques jours, nous reçûmes à dîner, et je crois que nous pûmes mesurer, à cette occasion, tout le chemin que, sans nous en rendre compte, nous avions parcouru, Marie et moi, dans des directions opposées. Non qu'il soit arrivé quoi que que ce soit de grave, au cours de cette soirée, bien au contraire. Nos invités se composaient de Sylvain, l'un des rares amis que j'avais eus à l'Université, devenu depuis chercheur au CNRS, et de sa femme Martine, une ravissante petite brune qu'il avait épousée, huit ans auparavant. Tout le monde semblait de bonne humeur, Martine, déjà mère d'un petit David de trois ans, était enceinte de son deuxième enfant, à leur grand bonheur à tous deux, et nous avions entrepris de fêter la chose en avance, au champagne. Je l'ai dit, notre inexplicable incapacité à la procréation nous était une frustration commune, à Marie et moi, mais ce n'était pas le simple écho de cette déception que j'entendis ce soir-là, dans le rire forcé, nerveux, presque hystérique, dont elle nous gratifia. En fait, jamais je n'avais eu un tel sentiment d'éloignement vis-à-vis de ma femme, qu'en la regardant rire ainsi. Pour la première fois de notre vie commune, je sentais la méfiance, et ce n'était pas l'un de l'autre dont nous nous méfiions, je le savais, mais de nous-mêmes. Il était clair qu'une part de plus en plus importante de mon existence échappait désormais à notre vie commune, et toute notre stratégie consistait, je crois, à ne pas nous en rendre compte. Notre méfiance, c'était cela : une forme d'autodiscipline, pour feindre d'ignorer ce que nous savions déjà.

Pour ma part, j'avais expérimenté les conséquences sur mon esprit de cette étrange culpabilité, quelque temps après ma visite à Doubrovsky, lors de mes retrouvailles avec Elena. Loin d'être la fête que j'avais imaginée dans la fièvre, la soirée avait dégénéré en une succession de scènes ridicules.

J'avais réservé une table dans un italien discret du quartier du Marais, il nous attendait à vingt heures précises, et la ponctualité était requise, ainsi que je l'avais fait savoir à Elena au téléphone, en raison de l'exiguïté de la salle, mais aussi du fait de mon emploi du temps toujours minuté. J'avais tout prévu : le dîner de retrouvailles en tête à tête, les deux heures d'amour débridé dans le bureau d'Étienne, puis le retour à la maison, pour moi, vers une heure.

L'un de mes plus grands plaisirs avec Elena consistait à la retrouver dans le petit deux-pièces qu'elle occupait au centre de Paris. Une seule chaise, sur laquelle aucun de nous ne s'asseyait jamais — nous préférions la moquette —, un vaste matelas, quelques étagères, le petit ghetto-blaster et les cassettes de jazz, la minuscule télé noir et blanc pour tout équipement, et les verres dépareillés : c'était un décor un peu bohème, son aspect convenait très bien à l'atmosphère dans laquelle baignait mon aventure. Sa nouvelle chambre, en revanche, se prêtait beaucoup moins aux rencontres illicites et à l'intimité.

La logeuse, une certaine Françoise Marchandeau, sur laquelle Elena n'avait pas tari d'éloges, lorsque je l'avais appelée depuis la Bourgogne, était en fait, ce fut ma première déconvenue, la locataire en titre de l'endroit : une femme vieillissante, au corps anguleux, le visage marqué par la fatigue — depuis la mort de son mari, elle tenait seule le bureau de tabac de la cité —, un air dur, presque revêche, qui eut sur moi un effet immédiatement paralysant. En dépit de ses origines campagnardes, la solitude de la ville ne lui faisait pas peur, comme elle l'avait expliqué à Elena dès leur première rencontre, en lui faisant visiter les lieux. Pendant plus de quinze ans, elle avait exercé la profession d'infirmière dans un hôpital public, tandis que son mari s'occupait du commerce. Après la disparition de ce dernier — d'un cancer du pancréas, trois ans plus tôt —, elle avait lâché l'hôpital et repris le tabac à son compte. Difficile, mais ça valait le coup. Depuis qu'elle était seule, elle avait aussi transformé son cinq-pièces en une sorte de mini-communauté pour étudiantes étrangères, et avec ce qu'elle économisait de cette façon, d'ici quelque temps, elle comptait bien quitter la ville pour un endroit plus calme. En attendant, elle recrutait à l'Alliance française, au noir, des sous-locataires qu'elle installait dans chacune des chambres.

Je ne sais ce que je détestais le plus en pénétrant dans les lieux, au douzième étage d'une tour venteuse et sinistre de la banlieue Sud, de la perspective de ne plus pouvoir être seul avec Elena chez elle, ou de ce que « chez elle » était maintenant devenu : le divan noir imitation cuir et ses deux fauteuils d'accompagnement, la commode massive et ses piles d'assiettes à fleurs, la lourde table paysanne couverte d'une nappe elle aussi à fleurs, les chaises en paille tressée — ce n'était pas seulement laid, c'était, si je puis dire, « sédentaire ». Les casseroles de cuivre dans la cuisine. Le calendrier, l'horloge épaisse. Tout me heurtait. Au mur, quelques lithographies que Marchandeau exécutait elle-même, illustrations de voyages, jamais accomplis sans doute, ou bien en groupe, avec (imaginai-je) fanion tricolore en proue de l'autocar et soirées collectives. La chambre d'Elena, couverte d'un effroyable jaune canari, avec encore les affiches du PSG laissées par quelque progéniture envolée depuis peu de temps, dont Marchandeau conservait les reliques. Et sur tout cela des odeurs de cuisine en provenance des étages inférieurs, des relents d'eau de toilette bon marché, d'insecticide contre les cafards...

« Oh la la, mais c'est déjà toi ! » fit Elena avec un sourire d'excuse, tout en me faisant pénétrer à sa suite dans le salon. « J'étais au téléphone avec ma mère, ça n'en finissait pas. Entre, entre, tu vas voir ma nouvelle maison... Voici Françoise, poursuivit-elle, me désignant la femme qui n'avait pas bougé de sa chaise et me regardait pénétrer dans la pièce d'un air méfiant. Françoise veut venir au Brésil l'hiver prochain pour le Carnaval. » « Ah oui ? C'est intéressant. » « Elle a lu tellement de choses là-dessus, c'est incroyable. » Françoise eut une moue de modestie. « On va être en retard », signalai-je, m'efforçant encore de sourire. « Oui, mon chéri, tout de suite. » Elle minaudait de manière volontairement caricaturale. « Donne-moi juste quinze petites minutes. » Puis, disparaissant dans le couloir qui menait à sa chambre, elle me laissa seul, debout dans le salon, les mains dans les poches de mon manteau, si blessé par tout ce qui m'entourait que je ne trouvai nulle part en moi la force de m'asseoir.

Je regardais Marchandeau me regarder, chacun de nous à la recherche d'un sujet de conversation. Je ne peux pas dire que cela contribuât à me mettre à l'aise. Et puis tout ce qui m'entourait ici m'était étranger. Ça sentait les racines profondes, le chef-lieu de canton, la place de la Mairie, le mariage à l'église. Simple, solide, et carré. Le bon sens, comme disent les pubs pour prêts bancaires et les Premiers ministres. Mais qu'est-ce que nous savions du bon sens, nous, dans la famille ? Cela devient réel, me dis-je. À nouveau ce sentiment stupide qui m'avait rendu impuissant lors de nos rendez-vous précédents. Cette aventure, qui avait commencé comme un rêve — c'est en train de passer dans la réalité.

— Ça vous intéresse, fit soudain une voix derrière moi.

Afin de me donner une contenance, je m'étais mis à contempler les lithographies qui, au mur, contribuaient à la catastrophe générale du décor. « Pardon ? » Je me retournai.

— Ça vous intéresse ? répéta Marchandeau, me toisant de ce regard fixe dont elle ne s'était pas départie depuis que j'étais entré.

— C'est votre signature ? C'est joli, m'entendis-je ajouter. C'est intéressant.

— Parce que j'en ai d'autres.

Elle parut réfléchir un instant, avec l'air de se demander dans quelle mesure elle pouvait ou non me faire confiance :

— J'en ai d'autres, répéta-t-elle. Mais j'ai

pas pu les accrocher toutes. Je fais ça quand j'ai le temps.

J'acquiesçai de la tête. Elle :

— Vous voulez voir?

Moi :

— Mais certainement, avec plaisir...

Comme si le fait de lui complaire avait pu diminuer mon malaise — je la regardai se lever, filer dans le couloir, revenir avec, au bout de chaque bras, deux lourdes nouvelles débauches de couleurs également ocre —, comme si elle avait été un témoin gênant, une sorte de juge qu'il eût fallu amadouer.

— Vous voulez un coup de main? Ce n'est pas trop lourd?

— Non, non, c'est bon, j'ai l'habitude. Voilà, fit-elle après les avoir posées devant moi les unes à côté des autres (elle se rongeait les ongles. Elle se rongeait les ongles et fumait des gitanes maïs, à en juger par les taches sur ses doigts épais). Alors? Qu'est-ce que vous en pensez? Bon, bien sûr, c'est pas des toiles, hein. C'est juste comme ça. Regardez celle-là. Ça vous dit rien, celle-là? Vous, vous êtes prof de fac, alors évidemment...

— Pas mal. C'est intéressant. Non, surtout pour un travail fait comme ça, vraiment...

Et d'abord, d'où tenait-elle que j'étais «prof de fac»? Qu'est-ce qu'elle savait de moi?

— Mais on a tous une part de créativité, vous savez. C'est juste le temps qui manque.

— Oui, bien sûr. Vous devez être très occupée avec votre travail.

Qu'est-ce qu'Elena avait pu lui dire ?

— Avec mon travail et pas seulement avec mon travail. Je fais aussi des rondes bénévoles dans le quartier, pour la sécurité, et je m'occupe des problèmes d'ici avec les immigrés. Alors en tout cas, tout ça, ça laisse pas beaucoup de place pour l'art, hein.

Conclut-elle, contemplant ses toiles d'un air songeur, et, pendant un moment, j'en fis autant sans savoir quoi dire.

— Je les vends cinq cents francs, reprit-elle. Vous en voulez une ?

— Comment ?

— Normalement c'est le double, mais vous puisque, bon...

— Non mais je ne sais pas si...

Moi puisque quoi ?

— Allez-y, allez-y, choisissez. C'est de bon cœur. Laquelle vous préférez ?

Normalement c'est le double, mais vous puisque... Moi puisque quoi ? Qu'est-ce qu'Elena lui avait dit, à mon sujet ?

— Vraiment, je ne veux pas...

— Prenez-le comme un cadeau, mettons.

Et c'est ainsi que sans savoir comment, malgré moi je pointai le doigt en direction de quelque chose qui devait représenter une manière de voilier battu par la tempête. Énormes vagues de cuivre, écumes sombres, le bateau de travers... Je ne sais pas très bien ce qu'elle utilisait comme matériau, du métal en tout cas, et, en fait de tableau, le résultat était un cocktail de laideur et de lieux communs. Mais j'aurais fait n'importe quoi, je crois, pour me dédouaner d'être là.

— Et puis en plus de tout, il y a les filles ici, poursuivait Marchandeau pendant que je lui signais son chèque tout en me giflant intérieurement. Ça prend du temps. Nourriture, amitié, compréhension... Autant d'énergie que je peux pas consacrer à ma peinture, quoi. Mais qu'est-ce que vous voulez... J'ai tout de même une certaine responsabilité, vous savez, je me contente pas d'encaisser leurs loyers. Je parle avec les parents au téléphone, je me renseigne. Je leur apprends à vivre dans ce pays, si vous voyez ce que je veux dire. Parce que avec tout ce qui se passe...

Elle avait toujours été pour ses locataires moins une logeuse qu'une amie, voire une confidente — ainsi qu'elle entreprit de me l'expliquer tout en nouant une ficelle autour de sa lithographie, tandis que je la regardais faire, médusé par ma servilité, et priant pour un retour rapide d'Elena avant de devoir acheter la totalité du stock. Le soir quand elle ne travaillait pas, elle se joignait à Paco et Chanda, Natacha et Shikaku, Elena et Véra, pour partager autour d'un plat exotique des confidences comparées sur les relations sentimentales au Brésil, en Russie, au Japon, et dans la banlieue parisienne. Elle n'hésitait pas à participer, elle leur racontait ses vingt années de mariage, l'apprentissage de l'indépendance sur le tard (aujourd'hui elle était libre, et quand elle avait des aventures, c'était elle qui donnait le ton). Avec tous les gens qu'elle avait hébergés, elle avait rempli son carnet d'adresses de relations aux quatre coins de la planète. « Mais vraiment des relations de confiance, hein, attention ! » Elle avait des amis à Cuba, au Maroc, au Kenya, en Pologne, en Irlande du Nord, à Madagascar, au Mexique, à Porto Rico, au Pakistan, et même à Taïwan. Tous prêts à l'accueillir chez eux pour les vacances. Elle ne savait pas ce que c'était que la solitude.

— Voilà, conclut-elle, me tendant le paquet avec un sourire ravi. Je vous sers quelque chose ? Je vais m'en chercher un, de toutes les manières. Parce qu'on dit toujours, avec les étrangers..., reprit-elle, de retour de la cuisine, avec deux canettes de bière, tandis que je posais ma nouvelle acquisition contre le mur en m'efforçant de garder mon calme... Les étrangers par-ci, les immigrés par-là. De toute façon, hein, suffit de regarder autour de soi. Rien que dans la tour, y a la moitié du globe, alors... Non, point de vue de racisme, alors là, c'est pas à moi qu'il faut faire la leçon. Moi, c'est comme je dis toujours : ma liberté commence là où s'arrête celle des autres. Question de discipline et de respect, c'est tout ce que je demande.

— Bien sûr...

— Alors ? reprit-elle après un temps passé à me dévisager, et constatant mon mutisme. C'est vous, le petit ami d'Elena ? Je peux vous dire qu'on en a entendu parler, ici, hein. Je vous voyais pas du tout comme ça.

— Ah non ? fut tout ce que je trouvai à dire.

— Point de vue de l'âge, quoi. Parce que j'en vois défiler, vous savez. Chaque année c'est la même chose. Elles arrivent du bout du monde, et hop... Ça pour ça, ça y va, hein ! Mais en général ils sont plus jeunes. Pas tellement le genre costume-cravate.

— Je n'ai pas de cravate...

— Non, fit-elle, comme étonnée. Non, c'est vrai. Pourtant, je sais pas comment vous dire. Vous avez l'air d'en avoir une... Vous la connaissez depuis longtemps, la gosse ? Elle est gentille, ça, y a pas à dire. Serviable, toujours disponible. Si elles étaient toutes comme ça...

Elena parut précisément sur ces mots, pimpante et souriante, comme pour confirmer. Deux adultes échangeant quelques considérations aimables sur l'enfant de la maison — c'est l'effet pénible que cela me fit. Je me saisis de mon nouveau bien, avec l'intention d'entraîner Elena dehors aussi vite que je le pouvais.

— Qu'est-ce que c'est que ça ? fit-elle en riant.

Sa mère avait téléphoné — c'était ce qui l'avait mise en retard. Sa mère avait appelé, en larmes, pour lui faire part de la décision de son frère de se marier dans les deux mois. Là-bas, à l'autre bout du monde, dans une ville nommée São Paulo, que ni Marchandeau ni moi n'avions la moindre possibilité d'imaginer, un certain Eduardo était responsable de notre retard au restaurant. Elena dirigeait plus ou moins les affaires de sa famille, depuis que son père était mort en lui léguant la quasi-totalité de ses biens. Maintenant qu'elle vivait à l'étranger, les relations, entre son frère, de cinq ans son cadet, et sa mère, ne cessaient de se dégrader, et il lui fallait régulièrement intervenir lors de grandes négociations familiales intercontinentales. Entre autres choses, Eduardo, qui à tout juste vingt ans postulait pour un poste de vigile dans une société de sécurité, voulait financer une énorme cérémonie de mariage, et il ne comprenait pas de quel droit sa sœur se permettait de voyager ainsi d'un bout à l'autre de la planète alors qu'il lui fallait, lui, demander à sa mère le moindre argent de poche lorsqu'il lui prenait l'envie de sortir sa fiancée.

Elena me raconta tout cela tandis que je faisais démarrer la voiture, d'un ton presque triste que je ne lui connaissais pas. Quelquc chose dans ce qu'elle me disait la déprimait profondément, mais j'étais moi-même beaucoup trop agacé pour y prêter la moindre attention.

— Qu'est-ce que tu penses ? me demanda-t-elle en guise de conclusion.

— Je pense qu'on est en retard.

— Non : qu'est-ce que tu penses de tout ça ?

— Tout ça quoi ? Je ne sais pas ce que j'en pense. Vu d'ici, je ne vois pas très bien ce que je pourrais en penser.

— Qu'est-ce que tu as ? Ça ne va pas ?

— J'ai qu'on ne va jamais trouver de place au restaurant. Voilà ce que j'ai.

Au feu rouge, nous attendîmes de pouvoir repartir en évitant de nous regarder. Puis :

— Eh bien, c'est pas grave, mon chéri, fit-elle, dans un effort visible pour préserver entre nous un peu de bonne humeur. On mangera une autre fois.

— Je te rappelle qu'il m'arrive de travailler, quelquefois, tu sais. Il m'arrive de ne pas avoir le temps de déjeuner, à midi. Il m'arrive d'avoir des cours à préparer.

Elle détourna la tête.

— J'avais prévu de passer cette soirée avec toi, repris-je. Il est déjà pratiquement neuf heures !

Lui faire comprendre ce que j'éprouvais, mon impatience d'être avec elle... Mais quoi que je dise, c'était incontrôlable, la moindre de mes paroles envenimait l'atmosphère un peu plus chaque seconde. *Petit ami.*

— Cette bonne femme est complètement dingue.

— Qui ça ?

— Elle ! Qu'est-ce que tu es venue foutre dans cet appartement ?

— De quoi est-ce que tu parles ?

— De quoi est-ce que je parle !

— Françoise est très gentille. Elle est différente, c'est tout.

— C'est ton adjectif favori, ça, hein ?

Pour Elena, il y avait non seulement des êtres « différents », des pays « différents », mais aussi, des sentiments « différents », des sensations « différentes » — et c'était une différence tellement différente que la plupart du temps, je n'arrivais pas à la rapporter à ce dont elle différait. S'embrasser, se caresser de manière imprévue et spontanée, c'était fort « différent », mais faire l'amour, pas nécessairement. Siffler une bouteille de champagne un soir de semaine était « différent », être ivre, non... Marchandeau n'était pas une petite-bourgeoise bornée, elle était juste « différente ».

— Putain, mais ma pauvre fille, mais ! Dans quel pays est-ce que tu crois vivre ? C'est un flic ! La voilà, sa différence ! Elle sait tout de moi, maintenant, cette conne ! Je suis même sûr que tu lui as dit mon nom !

— Est-ce que tu veux te disputer avec moi, fit soudain Elena, sur un ton impassible qui me désarçonna un instant.

— Non ! repris-je. Je ne suis pas en train

de me disputer avec toi ! Je suis en train d'essayer de t'expliquer quelque chose ! Je m'y efforce, tu vois ! La discrétion, la ponctualité... Vous savez ce que ça veut dire, ça, au Brésil ? Un sens minimal des relations humaines !

Elle ne répondit rien. Et moi, sans comprendre ce qui m'arrivait, mais incapable de m'arrêter :

— Tu te poses jamais de questions, hein ? Vingt-huit balais ! Vingt-huit balais, et toujours à apprendre les langues ! Regarde-toi ! L'éternelle étudiante ! L'anglais aux États-Unis, le français ici, l'espagnol je ne sais où, bientôt l'allemand, pourquoi pas le scandinave ou l'albanais ! Il a raison, ton frère ! Tu veux savoir ce que j'en pense ? Voilà ce que j'en pense ! Il a raison ! Il essaie de se construire une vie, lui ! Tu ne sais pas ce que ça veut dire, ça, toi, hein ? Toi et les gens comme toi — les héritiers légitimes ! Les irresponsables ! Pour perdre du temps, ça, vous savez vous y prendre ! On peut pas vous le reprocher ! Mais ouvre les yeux ! Avec tout ce fric que ton père t'a laissé, tu ne trouves rien de mieux à faire que de venir t'enterrer ici ! Sous la protection de cette mère maquerelle ! La maquerelle aux aquarelles ! Et nous on marche ! On paye ! Cinq cents francs le droit de passage ! La lithographie en prime, je pourrais accrocher ça dans le salon en souvenir, ça fera plaisir à ma femme !

Je bloquai le changement de vitesses, calai,

tournai la clé de contact deux ou trois fois avant de parvenir à redémarrer.

Qu'est-ce que je foutais là? continuai-je intérieurement. Qu'est-ce que je foutais là? En compagnie d'une fille qui au bout d'un an m'était aussi étrangère que pouvait l'être sa logeuse, son pays, son frère, sa mère, et sa famille jusqu'à la quinzième génération! Comme si je n'avais pas assez de la mienne! Alors, à l'instant où j'allais prendre l'embranchement vers Paris, à l'abord du périphérique, je compris avec une évidence lumineuse que si j'allais plus loin, si je franchissais cette limite, il ne serait plus question de faire marche arrière. C'était très clair. J'étais absolument incapable de penser à rien d'autre : il fallait que je me sorte de là. La laisser ici, voilà ce qu'il fallait que je fasse. Et brusquement, dans ce qui me parut sur le moment le fruit d'un courage indubitable et d'une lucidité retrouvée, je fis demi-tour, et malgré ses protestations indignées, en quelques minutes ramenai au pied de son immeuble une Elena en larmes — larmes de rage et d'orgueil, à ce qu'il me sembla. J'arrêtai la voiture. Elle me fixa violemment. Elle dit dans un sanglot : « You're selfish ! » Puis elle sortit en claquant la portière.

Et c'était très simple : pour que cela n'ait jamais existé il suffisait que cela n'existe plus. Elena? Disparue! La lithographie sur la banquette arrière? Le même sort à la première poubelle, comme les fichiers de Rivesaltes!

C'était très simple. J'allais reprendre le contrôle de ma vie !

Sauf que non, ce n'était pas si simple. Le même soir, mais cinq heures plus tard, enfermé dans mon bureau, je me découvrais totalement effondré par la goujaterie de mon attitude, et, en proie à un sentiment de culpabilité dévorant, je décrochai mon téléphone.

Qu'est-ce qui m'arrivait ? Ma duplicité, mon obsession pour le secret, mes sautes d'humeur hystériques et absurdes : il y avait là-dedans quelque chose qui me dépassait totalement, je le contrôlais de moins en moins, et pourtant, je le découvrais, cela faisait partie de moi plus que n'importe quoi d'autre. Mais qu'est-ce que c'était ?

La véritable nature de ma trahison : ce n'était pas l'infidélité faite à ma femme, je le savais. La véritable nature de ma trahison, c'était de m'être *inventé* cette infidélité, c'était de croire qu'elle était la cause de ce qui se passait. Mais, si chacune de nos rencontres est une sorte de création supplémentaire dans nos vies, il est plus difficile de s'en débarrasser qu'on ne peut le faire de quelques cartons d'archives ou d'une lithographie.

Qu'est-ce qui m'arrivait ? Était-ce la mort de mon père ? Était-ce ce que j'avais appris sur Marc ? Après avoir abandonné Elena, en proie à un fou rire extravagant, j'avais roulé sur le périphérique jusqu'à la porte de Versailles, et là, rentrant dans Paris avec l'intention de remonter jusque chez moi, je m'étais garé, dans le but de me calmer, tout d'abord, et aussi de me débarrasser du tableau de Marchandeau. La lithographie à la main, à la recherche d'une poubelle, j'avais marché quelques minutes sur le trottoir du boulevard Lefebvre, avant de comprendre où je me trouvais. Puis, en arrivant à hauteur d'un vieux pâté d'immeubles, de ces HBM en brique rouge construits dans les années trente, tous sur le même modèle, six bâtiments en carré autour d'un petit espace vert grillagé, brusquement, cela m'était revenu. C'était la porte Brancion ! On l'appelait comme ça, dans mon enfance ! La porte Brancion ! Nous avions passé nos premières années dans un immeuble exactement semblable à ceux que j'avais sous les yeux ! Ici, dans ce quartier ! Un petit deux-pièces, je crois bien, quoique à l'époque ça me parût gigantesque. La vieille télé aux images déformées, qui ressemblait à un poste de TSF ! Rintintin et Rusty ! Mon cheval à bascule dans le salon, pour mon cinquième anniversaire ! La collection « Contes et légendes » dont les volumes faisaient les délices de mon frère ! Les aventures d'Ulysse que Marc récitait par cœur à mes parents éblouis, le dimanche matin, et les conversations qu'ils avaient tous avec Zeus (mon frère adorait les légendes grecques) ! Les plaisanteries bon enfant de mon père, qui se moquait lui-même de sa distraction ! Il amplifiait sa maladresse pour nous faire rire, le soir, quand il venait nous souhaiter bonne nuit et se cognait la tête dans la porte ! Où est-ce que c'était ? Dans quel immeuble exactement ? Le 2A, le 2C, le 3D ? Est-ce que je parviendrais à le reconnaître ? Quelle fenêtre ? Quel étage ? Ma lithographie toujours à la main, j'avais franchi la porte du petit jardin et je faisais le tour du carré d'immeubles. C'était ça ! Boulevard Lefebvre ! C'était exactement ça ! Là, devant un kiosque à journaux, Marc avait appris la mort de Walt Disney ! Il avait vu Mickey en larmes sur la couverture d'un journal, et il en avait été bouleversé pour la journée ! Un si charmant bambin ! Les briques, les vieilles briques rouges de mon enfance ! Comme nous étions heureux ! Notre mère avait cessé de travailler pour mieux s'occuper de nous, les premières années. Le dimanche, nous franchissions la moitié de la ville, destination rue de la Pompe, pour le déjeuner dans l'immense appartement prestigieux de mon grand-père, où nous retrouvions toute la famille. Ma cousine n'éprouvait pas le besoin d'apprendre l'hébreu, en ce temps-là ! Mon grand-père n'avait pas de manuscrit planqué dans ses cartons ! Marc était aussi doux que les oreilles de Mickey ! Il ramenait de l'école des dessins d'animaux que ma mère affichait dans la cuisine, il apprenait à lire en déchiffrant les boîtes de crème au chocolat ! Et moi, je galopais sur mon cheval à bascule !

Qu'est-ce qui s'était passé ?

Je m'assis, dans l'obscurité, sur les marches d'entrée de l'un des immeubles, la lithographie appuyée contre mon genou. Qu'est-ce qui s'était passé ? Payer les impôts à l'heure, s'aimer, être aussi bons parents qu'ils avaient été des enfants obéissants, élever leurs fils dans l'amour, la justice, et le plaisir des livres : mes parents n'avaient jamais rien demandé de plus à la vie. Et ils avaient réussi, c'était ça, le pire ! L'enfance dorée qu'ils voulaient nous donner, nous l'avions bel et bien vécue ! Comment un idéal aussi normal, aussi simple, aussi peu dangereux, aussi bien intentionné, avait-il pu produire ça ? Sur certains points ils s'étaient trompés, sans doute, mais quels parents ne se trompent pas ? Beaucoup de frères grandissent dans la rivalité, cela n'en fait pas pour autant des révisionnistes, ni des écrivains ratés en proie à la plus grande des confusions. Que s'était-il passé ? Depuis huit jours j'avais envisagé toutes les explications, du défaut d'assimilation d'une famille juive, au tableau sociologique de petits-bourgeois communistes, en passant par les conséquences psychologiques d'une enfance surprotégée, mais en fin de compte, rien de tout cela n'était convaincant... Peut-être m'échinais-je à trouver une explication là où il n'y en avait pas ? Peut-être n'existait-il, tout simplement, pas le moindre rapport, entre notre enfance et ce que nous étions devenus. Peut-être les êtres évoluent-ils par sauts brusques, incohérents, dénués de logique. Peut-être avions-nous, mon frère et moi, changé par pur hasard, pour rien. Changer au point de ne pas pouvoir se reconnaître dans ses souvenirs, changer au point de ne plus pouvoir revenir à ce que nous avions été, et ne garder que la tristesse de ce qui était perdu : c'était peut-être cela que l'on appelait autrefois le destin.

— Tu pleures? fit une voix quelque part vers ma gauche, et je levai les yeux pour constater, à ma grande surprise, que, oui, je pleurais. Mes premières larmes depuis que j'avais appris la mort de mon père. Il m'avait fallu une semaine. Est-ce que c'était normal, ça aussi?

— Tu es perdu?

— Je cherche l'endroit où je suis né.

Le gamin n'avait guère plus de sept ans. Il était tout noir et fluet, les cheveux crépus, et, un ballon sous le bras, il se tenait à quelques mètres de moi, impressionné par les larmes et prudent.

— C'est quoi, ça?

— Ça? C'est un bateau.

Je tournai la lithographie dans sa direction, sous l'ampoule de l'immeuble qui nous éclairait.

— Tu veux voir? Un bateau à voile.

Il fit deux pas en avant, puis s'immobilisa, songeur.

— Mon père, il a pris un bateau pour partir de chez lui. Mais pas un comme ça. Un beaucoup plus gros.

— Il venait d'où, ton père ?

— Du Mali. C'est en Afrique, le Mali.

— Il vit ici, maintenant, avec toi ?

— Il est reparti.

— Des tas de gens prennent des bateaux pour partir, et ils n'arrivent jamais nulle part, m'entendis-je décréter.

— Pourquoi ?

— Je ne sais pas pourquoi. C'est comme ça. Les gens s'en vont. Ils ne peuvent pas rester où ils sont, alors ils partent.

— Et toi ? Tu vas partir aussi ?

— Moi, non, je ne crois pas. Mais j'en connais. Mon arrière-grand-père est monté dans un bateau comme celui-là. Christophe Colomb, aussi. Tu sais qui c'était Christophe Colomb ?

— Dans ce bateau-là ?

— Ils allaient en Amérique. Tu connais pas l'Amérique. Moi non plus.

— Y a Bruce Willis, il est en Amérique. Michael Jackson aussi.

— Ils sont jamais arrivés, ni l'un ni l'autre. Ils sont restés bloqués par la tempête. Regarde. Tu vois comme ça souffle ? C'était Christophe Colomb, le capitaine. Oh, il était très fort. Pas un jour sans une remarque concernant les étoiles, les vents, la profondeur de la mer. Mais ça n'a pas suffi. Parfois, la nuit, dans sa cabine, il rêvait aux monstres marins qui hantent les limites dont personne n'est revenu. Il se réveillait en sueur. Il tendait l'oreille, il ne percevait que le bruit du ressac sur les flancs du navire, ou le pas d'un marin dans les coursives, peut-être un ronflement dans une cabine proche. Il avait peur des fantômes, et des souvenirs de ses mauvais rêves, alors il montait sur le pont, mais autour de lui, il n'y avait rien. À perte de vue la tempête, et le triste néant de l'eau. Et c'était ça, le monde, ce vide infini d'où montait l'angoisse.

— ...

— Tu le veux, mon bateau ?

Le gosse fit non de la tête.

— Il est pas beau de toute façon.

J'avais dû lui faire peur, parce que en disant cela, il se mit à pleurer.

— Tu veux rentrer chez toi ? demandai-je, décontenancé. C'est ça ? Tu habites là ?

Je désignai la cage d'escalier derrière moi, et, comprenant qu'il ne passerait pas tant que je me trouverais sur son chemin, je me levai et m'écartai. Le voyant disparaître en courant, je jugeai plus sûr de quitter les lieux à mon tour avant que l'on ne me reproche quoi que ce soit. Au passage, j'abandonnai la lithographie contre l'un des murs de brique rouge, mais je savais que c'était un geste inutile. Ce bateau à la laideur banale, c'était moi — et, quand bien même j'avais essayé de me persuader du contraire, la tempête n'avait jamais cessé.

— Tu es complètement fou.

— Je suis désolé, Elena, répétais-je, non sans être auparavant passé par le filtre de Marchandeau, que j'avais réveillée, et qui m'avait fait savoir que la réception des communications était soumise à certains horaires. Je suis désolé, je ne sais pas ce qui m'a pris.

— Tu es malade.

— Je ne sais pas ce qui m'a pris. Tu sais, les choses sont tellement difficiles en ce moment pour moi. Je ne sais plus...

Il était plus de minuit, j'étais assis à ma table de travail, le dos calé contre le dossier de mon fauteuil — un splendide fauteuil, muni de ressorts, de roulettes et d'accoudoirs en bois des îles, je l'avais payé une fortune, à l'époque où je pensais encore pouvoir écrire ! Ce bureau était le seul endroit où je me sois jamais senti réellement libre. Marie savait que personne, pas même elle — surtout elle ! —, ne pouvait me déranger quand je décidais de m'y enfermer, soi-disant pour écrire ou préparer des cours. En ce moment, elle dormait — à moins qu'elle ne fît semblant, elle aussi.

Oui, j'avais inventé Elena, et à présent il y avait la réalité : Elena, et tout ce que j'ignorais d'elle. Ce qu'elle était *vraiment*. Son instabilité, par exemple. Les raisons qui la condamnaient à la solitude et aux aéroports. Sa volonté d'échapper aux traditions, contre l'héritage de son père, qui malgré elle l'y enchaînait, qui la faisait se couler dans le moule, quoi qu'elle en ait, de cette photo que j'avais vue le premier soir, et qui semblait sans âge.

La fille de fazenda illettrée, en noir et blanc, en attente du mariage. La femme d'affaires, polyglotte et intrépide, surfant sur le Web pour réserver ses hôtels à San Francisco et Lausanne. Ce qu'elle était, et ce qu'elle n'était pas. Combien étions-nous ?

— Je le sais, que tu es désolé. Je sais aussi que tu es marié, je le sais depuis le début. Et je sais que ton père est mort, on a tous nos problèmes. Ce n'est pas une raison.

— Je suis désolé...

— Qu'est-ce que tu veux de moi ?

— Comment ça ?

— Qu'est-ce que tu veux vraiment ? Tu me laisses et après tu téléphones, tu penses que c'est facile, comme ça ?

— Je suis désolé, répétais-je. J'ai besoin de toi, tu sais. J'ai besoin de te voir. C'est peut-être ça aussi qui me fait reculer depuis quelque temps. Je comprends la force avec laquelle j'ai besoin de toi. C'est totalement inattendu. Tu es ma seule fenêtre ouverte sur la vie.

Mais tandis que je parlais de la sorte, j'étais déjà incapable de discerner la part de vérité dans ce que j'étais en train de dire, et, si je mentais, pour quelle raison je me sentais obligé de le faire.

— Écoute, dînons ensemble si tu veux. Je t'assure que ça se passera mieux, cette fois.

Et après que j'eus proposé de nous retrouver le surlendemain, dans un restaurant vénitien de Montparnasse, nous raccrochâmes, elle, un peu rassérénée, je crois, et moi, en proie à une confusion indicible. Et de nouveau, les mêmes questions, de nouveau la même absence de réponses. Comment était-ce possible ? Comment mon frère et moi avions-nous pu nous enliser au point de ne plus savoir qui nous étions ? Je regardais ce fatras de notes que j'avais fini par connaître jusqu'à l'écœurement, et dont Marie, dont *tout le monde*, pensait que je faisais un livre. Elles emplissaient maintenant plusieurs chemises, pleines de fiches cartonnées, griffonnées, recopiées les unes sur les autres un nombre de fois ahurissant, entassées dans des dossiers aux titres multiples, aux contenus pourtant presque identiques, où je devais farfouiller des heures, chaque fois que je voulais y trouver quelque chose — du moins, à l'époque où j'y cherchais encore quelque chose.

Déception. Que les fils déçoivent leurs pères, les maris leurs épouses, les frères leurs frères, c'était la malédiction commune, peut-être. Mais *deception*, en anglais, signifie aussi « tromperie ».

Colomb, dans son journal de bord, trichait sur les dates pour ne pas affoler les marins, à mesure que ses prévisions étaient prises en défaut. Il avait lu tous les livres, depuis la Bible jusqu'à la géographie de Ptolémée, tous ceux du moins qui confirmaient sa vision, c'est dire qu'il avait négligé les volumes pourtant plus scientifiques, mais plus décourageants. Lui aussi, c'était un bon fils. Il croyait en Dieu, il croyait au Paradis terrestre, et dans la vérité des livres. Mais chaque jour, l'espoir de parvenir, sinon aux Indes, du moins quelque part, diminuait, et le navire s'enfonçait dans des eaux inconnues. Début septembre, il aperçut deux sirènes ; le 15, une mystérieuse boule de feu tomba du ciel à l'avant du vaisseau ; le 17, d'inexplicables touffes d'herbe très verte donnaient à la mer une apparence de lait caillé ; le 18, l'obscurité couvrit le nord en plein milieu du jour — autant de mauvais présages. Et, au bout de ces trois mois, quelle récompense pour tant d'angoisse surmontée ? La couronne d'Espagne lui avait promis la souveraineté sur toutes les terres nouvelles qu'il découvrirait. Mais pour rester fidèle à ses croyances, contre toute logique il lui fallut, après son retour, se persuader qu'il n'avait rien découvert. Il lui fallut croire qu'il était bel et bien arrivé aux Indes, comme prévu. Il dut renoncer à son héritage pour ne pas détruire sa foi, et il mourut pauvre, spolié, oublié.

Après la Découverte, deux mots bornaient sa conscience. Le premier désignait une terre familière, très ancienne, et qui avait été le but de son voyage : c'était le mot «Indes». Le second nommait une terre étrange, inconnue, où vivaient des hommes à la nature douteuse et ambiguë, édénique, ou diabolique : c'était le mot «Indes». Telle était la Terre promise : un nom double, pour définir l'espace écartelé. Un nom qui était devenu, en lui-même, son mensonge. Il n'y eut plus jamais de paix, après ça.

Chapitre 5

CHAOS

Le surlendemain, je retrouvai Étienne à Créteil. Nous avions l'intention, après les cours, de filer ensemble jusqu'au local de son « association de documentation, vigilance et lutte contre le fascisme », où deux de ses amis devaient nous rejoindre en fin d'après-midi.

Étienne m'avait pris en amitié dès ma nomination, dix ans plus tôt, et c'était à lui que je devais, moi qui n'ai jamais été très doué pour les contacts humains, de m'être si facilement intégré dans cet univers de faculté banlieusarde.

De sa jeunesse passée dans divers groupes gauchistes aux obédiences si complexes qu'il s'y perdait lui-même lorsqu'il entreprenait de me raconter ses pérégrinations militantes, Étienne avait conservé une énergie, un sens de la révolte, et une générosité, que je ne connaissais chez personne d'autre, et qui me fascinaient, tant j'en étais personnellement éloigné. À vrai dire, nous étions si différents que je n'avais jamais vraiment compris la nature de son amitié pour moi, mais je l'acceptais — un peu par paresse. Parce qu'il me prenait en charge à l'Université. Parce qu'il m'informait des changements administratifs, des ragots politiques. Parce qu'il m'invitait quelquefois à déjeuner avec des collègues à qui je n'aurais jamais adressé la parole de mon propre chef et qui, à l'usage, se révélaient charmants, et parce que, au fond, tout cela me soulageait considérablement des efforts que j'aurais dû fournir, s'il m'avait fallu mener seul une existence sociale digne de ce nom. Ma nature me portait à raser les couloirs. La sienne, au contraire, à les arpenter à grandes enjambées fulminantes, et nous pouvions tous le voir surgir, massif, généreux, le cartable tremblant de colère au bout du bras, le ventre en annonce, s'indignant, en salle des profs comme en plein cours, dans les bistrots puants et enfumés où il nous entraînait pour vider ses bières, dans le métro bondé où il lui arrivait parfois de prendre les voyageurs à témoin, lorsqu'il commentait, outragé, les dernières nouvelles d'une actualité, qui, de plus en plus je dois dire, semblait se plaire à recouper ses obsessions.

Depuis le début des années quatre-vingt-dix — mais comme dix ans auparavant pour Klaus Barbie, comme trois ans plus tôt pour Bousquet, comme six ans plus tard pour Papon, comme toujours dans ce pays —, aux reportages succédaient d'autres reportages, aux magazines, d'autres magazines, aux best-sellers, d'autres best-sellers, et l'on ne pouvait plus allumer une télévision, acheter un journal, ou entrer dans une librairie, sans tomber sur le nom, détesté et désiré, ce nom au double visage, qui ne s'évoquait qu'avec honte et fascination, dégoût et mémoire, haine de soi et secrète nostalgie : Vichy.

« Toutes ces années, putain ! Toutes ces années quand j'y pense, à vivre avec ça sur le dos ! Militer, défiler, pour finir par voter pour cet enculé ! Ce petit arriviste de merde ! De Vichy jusqu'aux fausses factures : on lui a tracé l'autoroute pendant que les prols se faisaient niquer ! Parce que tout est lié ! Bousquet, la Banque d'Indochine, tout est lié ! J'ai des potes à Urba qui se sont fait baiser, et tu serais sur le cul si tu savais tout ce que je sais ! »

« Regarde ça, rugissait-il encore, quand la rame du métro aérien, franchissant la Seine, nous découvrait, avec le chantier de Tolbiac, les quatre tours de la nouvelle Bibliothèque François-Mitterrand. Tu vois ça ? Y avait un camp nazi, ici, avant ! Parfaitement : une annexe de Drancy, je te dis ! On appelait ça le "camp d'Austerlitz", on y entreposait le mobilier des Juifs internés avant de l'envoyer en Allemagne — juste sous la bibal à Mit-mit, mon pote ! Tout un symbole ! Ce salaud a réveillé l'extrême droite dans ce pays mais ça va changer! Tu peux me croire, ça va changer!»

Et, s'il semblait qu'à chaque carrefour il butât sur un vestige de l'Occupation qu'il était probablement le seul à connaître dans toute la ville, moi, pendant ce temps-là, c'était sur ma famille, que je trébuchais à chaque pas : qui — entre autres — avait été détenu par Klaus Barbie à Lyon en 44? Mon grand-père, interrompu sans doute dans l'écriture de son manuscrit fantôme, que je recherchais maintenant. Qui — entre autres, entre autres! — passait à la télé lors de l'assassinat de Bousquet pour faire le point sur un criminel de guerre? Mon oncle Jacques, entre deux livres prestigieux. Et qui — cette fois, en toute exclusivité! — écrivait des romans ressassant à l'infini son désir d'entrer dans la Résistance, frustré d'avoir été un peu trop jeune pour le faire à l'époque, et, à défaut, s'inventant sa guerre, près d'un demi-siècle plus tard, sur un mode plus intime? Mon cousin Serge Doubrovsky... Et maintenant, la momie paternelle ne s'appelait plus Barbie, elle ne s'appelait plus Mitterrand, elle ne s'appelait plus Bousquet, elle s'appelait Papon, et c'était mon frère, qui courait derrière avec ses articles révisionnistes. «Pourquoi tu t'intéresses à ça, soudainement?» m'avait demandé Étienne, en me faisant pénétrer sous le porche de l'immeuble. Et qu'est-ce que je pouvais répondre?

Nous nous étions engouffrés dans l'ascenseur

— cet ascenseur qu'une fois j'avais coincé entre deux étages pour un cunnilingus urgent, en cette époque lointaine où je pouvais voir ma maîtresse sans sombrer dans des crises d'hystérie —, nous nous en étions extirpés au troisième étage, puis il avait ouvert la porte, et je m'étais retrouvé face à l'affiche sarcastiquement accrochée dans le bureau de son local, ce Pétain au-dessous duquel j'avais sodomisé Elena, un soir parmi d'autres, quand tout le monde croyait que j'écrivais studieusement — «*Soyez un bon Français!*»

— À propos, commença Étienne, comme chaque fois qu'il passait du coq à l'âne, j'ai appris que tu avais rendu ton chèque d'à-valoir?

Il avait laissé tomber son manteau sur une chaise, dans le couloir, m'invitant d'un geste à en faire autant, et nous nous trouvions maintenant dans le bureau proprement dit, la salle de réunion, une pièce sobre, rectangulaire, cerclée de tiroirs d'archives, au centre de laquelle se trouvait la table ronde et noire où j'avais allongé Elena.

— Qu'est-ce qui s'est passé?

— Je n'arrivais à rien, répondis-je, sur ses talons. C'est trop vieux, maintenant, pour moi.

— Tu aurais pu m'en parler, je t'aurais trouvé quelqu'un pour t'aider. Marie est au courant?

Pour toute réponse, j'entrepris de détailler le fac-similé d'une vieille coupure de journal qui traînait sur la table. *Paris-Soir*, 5 février 1942.

— Tu es bizarre, tu sais. Qu'est-ce que t'as foutu tous ces jours quand tu venais ici soi-disant pour écrire ?

— J'avais besoin de m'isoler un peu.

Nice faisait la une avec une belle photo du Roi Carnaval.

— Il y a un problème avec Marie ? Ça va, entre vous ?

— Non, ça va. Tu sais, avec la mort de mon père, je me sens...

— Tu es bizarre, répéta-t-il.

Cette année, plus encore que les autres, le Carnaval illuminera la promenade des Anglais.

— J'avais besoin d'être un peu seul.

— Enfin...

Debout devant moi, immobile, les jambes écartées, les pieds en dehors pour soutenir sa masse, le souffle court, Étienne scrutait mon visage comme s'il avait essayé de percer un masque.

— Si jamais tu changes d'avis, en tout cas, disait-il, tout est ouvert, hein. L'éditeur est un copain, y a pas de lézard.

— D'accord.

— Non, je veux que tu le saches.

— D'accord, Étienne.

— Ce que j'en dis, c'est pour t'aider, moi.

— C'est entendu.

Le Roi Carnaval sera brûlé place de l'Hôtel

de Ville pour la plus grande joie des petits et des grands.

— C'est marrant, fis-je. C'est le jour de la naissance de mon frère.

— Ton frère? Je ne savais même pas que tu avais un frère.

— Eh bien, tu vois.

Silence.

— Il est né en 1942?

— Non, le 5 février.

Silence.

— Tu ne parles jamais de ta famille.

— Il n'y a pas grand-chose à dire, à propos de ma famille.

— Bon, fit-il lentement, après un nouveau temps passé à me dévisager de ce même air inquiet. Assieds-toi là, je vais chercher ta documentation.

Puis il disparut dans le couloir, et, sagement, je fis ce qu'il m'avait dit de faire.

Entre autres énigmes, à mon sujet, Étienne n'avait jamais compris que je m'intéresse aussi peu à la période qui l'obsédait, lui, ni aux questions politiques en général, deux thèmes indissociables dans son esprit. «Avec tes origines, disait-il fréquemment, quand même, ce serait la moindre des choses que tu te sentes concerné.» Inutile de dire que c'était exactement le genre de phrases propre à me faire fuir. J'évitais de répondre, ou, quand je le faisais, c'était sur le mode de la plaisanterie et de la dénégation. La vérité, c'était que, en dépit de « mes origines », comme il disait si aimablement, la période de l'Occupation ne m'avait jamais intéressé le moins du monde, pour exotique que cela puisse paraître, si l'on considérait le reste de ma famille. La vérité, c'est que, jusqu'à la mort de mon père et ce qui s'en était suivi, je ne m'étais jamais particulièrement considéré comme « un Weitzmann », et mon nom ne m'avait jamais rien évoqué de spécifique. Quant au militantisme, si je me sentais de gauche par tradition, la seule vision de l'énergie déployée par Étienne suffisait à me fatiguer pour la semaine.

— Tu ne m'as toujours pas dit pourquoi tu t'intéressais à ça, fit-il prévisiblement, de retour avec trois chemises épaisses de documentation entre les bras.

— Tu sais (j'avais prévu la réponse : je savais exactement quoi lui dire pour qu'il ne m'interroge pas plus avant), tu sais, avec tout ce qui se passe en ce moment...

— C'est pas vrai ? s'étonna-t-il démesurément, avec un énorme sourire, trop heureux sans doute de me voir m'avancer en terrain connu. J'y crois pas ?

— On change, Étienne, on change. Qu'est-ce que tu veux...

— Eh ben, putain... Mais tu sais que c'est très bien ça, mon petit bonhomme ? Tout le monde se réveille, alors, hein ? Faut fêter ça, dis donc. Un petit Weitzmann qui se met à faire de la politique !

Et les trois lourds dossiers furent posés devant moi d'un geste emphatique, enthousiaste, et massif.

Il avait été décidé que je resterais seul ici, tandis qu'Étienne irait chercher les deux amis dont il m'avait parlé. Dès qu'il fut sorti, je me plongeai dans sa documentation. J'aurais du mal à dire ce que j'y cherchais. J'estimais que, s'il me fallait réellement enquêter pour retrouver Marc, la première chose à faire était de me renseigner sur ce milieu révisionniste, dont jusque-là j'ignorais tout.

Ce que j'en imaginais se situait à mi-chemin du groupuscule punk et de l'hôpital psychiatrique, une sphère lilliputienne d'extrémistes, fort éloignée, en tout état de cause, de tout ce que je pouvais connaître. Ce n'est qu'au fil de ma lecture incrédule, que je mesurai, lentement, toute l'ampleur de mon erreur d'appréciation, et compris, avec horreur, à quel point j'étais loin du compte. Articles, comptes rendus, livres dits sérieux, débats historiques dans des revues réputées prestigieuses : il y avait là un éventail ahurissant de styles et d'opinions émis par les gens les plus respectables. « *Monsieur, quelle n'est pas ma surprise à la lecture de votre article ! Quand on écrit sur ce genre de sujet, les critiques sont priés de peser leurs mots et l'on est en droit de trouver le terme "troublant" inadéquat et propre à entretenir le soupçon.»* Courrier de lecteurs envoyé aux journalistes, réactions indignées, logorrhées délirantes, ou analyses pseudo-scientifiques et prétendument lucides, témoignages : chacun estimait avoir un point de vue sur la question et tenait à le faire savoir. C'était comme une preuve d'originalité, nier Auschwitz, le signe d'une certaine indépendance d'esprit, on ne se laissait pas avoir, on n'était pas si bête. «*Ce que j'ai à dire est délicat, j'en suis conscient, c'est dangereux, surtout en ces temps politiquement corrects, mais, voyez-vous, moi je n'ai jamais été conformiste, je suis un insoumis et après tout* IL FAUT BIEN QUE QUELQU'UN SE RÉVOLTE*! Est-ce que c'est de* MA *faute si la vérité historique ne correspond pas à la dictature de la société du spectacle? Les Juifs ont souffert, personne n'en doute, mais ils ne sont pas les seuls! De quel droit osent-ils imposer leur discours dans tous les médias? Je tiens à votre disposition la liste de tous ceux qui sous leurs noms ou sous un nom d'emprunt censurent chaque jour la liberté d'expression. Je tiens à votre disposition le résultat de mes calculs censurés par le système, bien qu'effectués* SCIENTIFIQUEMENT SUR MACINTOSH PROUVANT *clairement l'absurdité des chiffres avancés concernant les non moins absurdes chambres à gaz.»* Et certes, à ce que j'avais sous les yeux, il semblait que la question provoquât chez la plupart des gens, de quelque milieu qu'ils fussent, et quel que fût leur âge

— mais la plupart étaient jeunes —, une manière de frénésie hallucinée, exultante et trouble. «*La liste de Schindler, ha ha : le meilleur exemple à ma connaissance de révisionnisme ! Le kapo juif Spielberg montrant un nazi faisant de l'argent en sauvant des déportés ! Quoi de plus cohérent avec le projet d'ouverture d'un centre commercial à Auschwitz ! Après tout, c'est une évidence, Auschwitz n'est que l'autre visage du supermarché ! Le premier vrai théoricien de la Shoah est Adam Smith, c'est une autre évidence, et avec lui tous les hitlers du capitalisme mondial dont les Juifs ont été les valets serviles !*» À ma grande surprise, le thème sous-jacent de cette prose était la douleur — le monopole de la douleur, et j'avais sous les yeux toute l'étendue d'une étrange jalousie. Les Juifs, disaient-ils, toujours les Juifs : ça semblait le seul commentaire qu'Auschwitz leur inspirât. Militants révolutionnaires, adorateurs du prolétariat souffrant (*«Les lois de Vichy ne concernaient que les Juifs pauvres, miteux et étrangers. Les riches, les Rothschild et autres, n'en ont jamais souffert, ils marchaient en secret dans la combine»*), tenants de la vieille droite autoritaire (*«Nous en avons assez, des prétendues larmes juives ! En réalité, c'est la France qui a cruellement vécu dans sa chair la présence insidieuse du virus juif !»*), l'éventail comprenait aussi l'immense masse de tous ceux qui n'avaient aucune opinion particulière, mais qui, tous, se posaient la même question : Pourquoi eux et pas nous? «*En tant qu'Antillais je me dois de* DÉNONCER *le scandale immonde des Juifs qui se présentent comme des agneaux alors qu'ils avaient le monopole du trafic d'esclaves aux Antilles et qu'ils ont* PAR LÀ MÊME *réalisé le* PIRE GÉNOCIDE DE L'HISTOIRE DE L'HUMAIN*!*» Le négationnisme commençait là : dans ce fantasme de reality-show, où la valeur et le sens de chaque existence dépendaient de la dose de souffrance susceptible d'être exhibée. Le privilège d'être enfin et exclusivement une victime, c'était ce que «Juif» signifiait pour eux. «*Ouvrons les yeux sur ce que les médias ont fait de nous! Un effort d'analyse s'impose! Les chambres à gaz, c'est l'usure et rien d'autre! L'usure des prêteurs sur gages devant qui l'humanité devrait se prosterner!*» Mais nous aussi, on en bave! Nous aussi nous sommes intéressants! «Victime» : c'était pour eux devenu synonyme d'innocence, de citoyenneté, de vedettariat dans le grand show de l'Histoire. À eux d'intéresser les journaux! À eux de passer à la télé! À eux d'écrire des livres sur tout ce qu'ils avaient enduré! Oh, c'était tellement plus explicable, la souffrance, disaient certains, tellement plus noble et plus intéressant, pour peu que l'on possède un Cohen ou un Lévi dans son arbre généalogique, fût-ce à la huitième génération — et ils passaient une bonne partie de leur temps à chercher une trace kasher chez leurs aïeux! Non, criaient d'autres — mais c'étaient peut-être les mêmes, déçus de n'avoir rien trouvé — non ! Les Juifs ont usurpé leur place, ce sont des imposteurs, ils n'ont jamais connu les persécutions dont ils prétendent avoir souffert ! *Nous* sommes les véritables esprits libres et persécutés ! *Nous* sommes les vrais Juifs ! Et ainsi, à l'exception des Juifs eux-mêmes, tout le monde semblait pris de l'étrange désir d'être juif. « *L'acharnement de la justice à mon égard me fait penser que tout cela n'est pas innocent ! Je suis un bouc émissaire, et la seule comparaison qui me vienne à l'esprit quand je regarde ma situation est celle des Juifs sous l'Occupation !* » Fallait-il vraiment que je cherche mon frère, dans ce tas d'immondices ?

Cela commençait toujours doucement. Pas de diatribe sanglante, pas d'envolée, juste une approche « objective ». C'étaient des gens rationnels, n'est-ce pas... Des scientifiques raisonnables. Des citoyens désireux de comprendre, trop mûrs et trop adultes pour s'en laisser conter. « *Je ne voudrais surtout pas donner l'impression que je cherche à faire l'apologie du nazisme. Je crois même que je pourrais présenter une analyse assez sévère de cette idéologie.* » C'étaient des « historiens », ils avaient lu — disaient-ils — quelques livres sur la question, et se targuaient d'une certaine culture. « *Les extrémistes de la Shoah, par leur volonté de mettre l'Histoire au service de leurs thèses mystiques et à la politique de l'État d'Israël, font beaucoup de mal à la recherche historique. Moi, contrairement à eux, je ne prétends pas que j'ai raison, je pense en histo-*

rien et je me contente de poser des questions. Mais si cela déclenche tant de réactions violentes, c'est bien le signe que je n'ai pas tout à fait tort, n'est-ce pas ?» Pour eux, plus que l'événement lui-même, ce qu'il s'agissait de comprendre, c'était pourquoi «la société» se laissait dicter sa morale par une affaire vieille d'un demi-siècle. Ça avait eu lieu, d'accord, peut-être, éventuellement, mais en tout cas, c'était fini. Du passé ! La vie ne pouvait tout de même pas être ennuyeuse au point de répéter toujours les mêmes tragédies, les mêmes discours, la même morale empesée ! Il fallait avancer ! «*Le lynchage médiatique dont sont victimes l'abbé Pierre et Roger Garaudy choque tous ceux qui se refusent à suspecter d'antisémitisme un homme ayant risqué sa vie durant la guerre pour sauver des enfants juifs. Et l'on ne peut que s'interroger sur ce qui pousse à une telle hystérie collective et à une telle pruderie.*» Et ce qui pour eux, bien sûr, poussait à cette «hystérie collective», — ce qui poussait à une telle mystification et à une telle imposture, ce qui manipulait l'Histoire pour imposer sa morale au monde et servir ses intérêts, ce dont la seule existence brouillait les catégories de la raison parce qu'on ne savait jamais où cela se situait, ce qui était partout et nulle part, ce qui n'était jamais d'accord avec personne, ce dont la seule existence était pour tous un cri insupportable d'ironie, de révolte, et de contradiction, ce dont le nom même avait pour certains quelque chose d'obscène, et dont la seule présence était un facteur de désordre, d'agitation et de chaos — c'était, encore et toujours, les Juifs.

Et c'est ainsi que, quel que soit l'argument développé, sous les formulations les plus prudentes et les plus mesurées, dans l'ombre des subtilités rhétoriques, attendant son heure, se tenait la séculaire rengaine du désir de meurtre — quelque chose que je n'aurais jamais cru pouvoir lire. « *Il n'est pas inutile de rappeler que l'instrument du transport amoureux, source de toutes les littératures, se trouve à proximité du panier à crotte. Mais le panier à crotte juif n'est pas comme celui des autres. Il n'a pas d'odeur. Je ne parle pas du gland de la verge du juif dont l'absence de lubrification devrait dégager des odeurs nauséabondes, je parle de son derrière ; non seulement il n'a pas d'odeur mais il chie de l'Or. L'or est la délicieuse et succulente putain du juif ! Comment parvient-il à muer l'ordure en lingot d'or ? C'est qu'on ne sait pas chez le juif qui est cul et qui est tête, il excelle à brouiller les pistes en mélangeant les genres dans l'unité la plus parfaite. La merde avec l'or, le sexe avec la métaphysique, les fragrances avec la puanteur, le mensonge avec la vérité : le juif mélange tout parce qu'il ignore la pudeur. Il vous dira que le panier à crotte a une délicatesse à faire sauter les boutons de braguette de l'âme. Il mélange le devant et le derrière, le haut et le bas, la réalité et la fiction : tout ce qui l'empêche d'écarquiller les cuisses pour engloutir la boustifaille qui alimente son imposture, il le considère comme un crime et un délit. Et non seulement le juif a inventé la morale intestinale, mais il prétend aborder les plus hautes spéculations intellectuelles. L'aphorisme de Pascal selon lequel "l'homme n'est ni ange ni bête" n'a aucun sens pour un juif, pour l'excellente raison que, pour lui, l'homme est les deux à la fois. Son dieu juif est assigné à résidence sur terre, dans la fébrile attente du moment où l'on voudra bien l'autoriser à se manifester à lui-même, dans l'aboutissement triomphal d'une géniale subversion.* »

J'aurais dû présenter ce type à mon père. Ou mieux, j'aurais dû me le présenter à moi-même, j'aurais dû le rencontrer. Il aurait vu, en fait de subversion. Car c'était bien ça le plus étrange, c'était ce qui s'expliquait vraiment le moins, avec les antisémites : qu'ils voient de la sédition là où, la plupart du temps, n'existait qu'un immense désir de conformisme. Il y avait une telle distance entre la trivialité de ce que l'on vivait et la manière dont ces gens le percevaient, que c'en était incompréhensible. En fait, sans les persécutions, l'existence des Juifs était aussi banale et dénuée d'intérêt que celle de n'importe qui. Elle ressemblait à ce que mes parents avaient essayé d'en faire, beaucoup plus qu'au manifeste subversif d'une vie consacrée à la tromperie — c'était peut-être même cette banalité qui avait révolté mon frère.

Je lisais depuis plusieurs heures, fasciné

— incapable de lutter contre le vertige nauséeux qui m'avait submergé. C'était donc ça, c'était moi. Ma place était ici, dans ces lignes que j'avais sous les yeux, dans cette envie de vomir où je voyais l'ultime ressource de ma dignité. Comme j'avais sous-estimé l'effet de cette lecture sur mon état d'esprit ! J'étais affecté. Non seulement parce que, pour la première fois de ma vie, je me sentais directement visé par un déluge de haine, que je connaissais sans doute auparavant, mais aussi parce que j'en mesurais pour la première fois l'aspect concret et quotidien. La sonnette retentit dans le couloir et la porte s'ouvrit. Étienne et ses deux amis entrèrent alors que, levant les yeux d'un article dans lequel il était affirmé que «*100% des morts du sida en Amérique ont été circoncis à la naissance par des médecins juifs*», j'essayai de m'extirper de ma chaise pour saluer les nouveaux arrivants, et à ma grande surprise, je retombai assis sans bouger, les membres tremblants.

— Ça ne va pas? On dirait que tu viens de voir un fantôme.

— Une armée, dis-je, d'une voix que j'eus du mal à identifier. Une armée de spectres.

J'avais les mains moites, je transpirais, j'avais un peu de mal à respirer. J'éprouvais la sensation bizarre de me trouver à quelques pas de mon propre corps. J'éprouvais la sensation bizarre de puer. À quand remontait ma dernière vraie nuit de sommeil, je ne m'en souvenais pas. Dans les limbes de quelque état qui n'était plus tout à fait de la conscience, je savais que j'étais mort. Depuis la chaise où j'étais retombé, quelqu'un considérait les deux visiteurs, debout avec Étienne, de l'autre côté de la table — de l'autre côté de ce Styx : la documentation étalée devant moi.

Le premier était petit, râblé, le cheveu noir, vêtu d'un blouson de cuir, d'une paire de jeans et de baskets. Il s'avança d'emblée, le sourire aux lèvres, pour me serrer la main, mais je secouai la tête à la place. Ces mains-là n'étaient plus les miennes, elles ne devaient toucher personne. Le type s'appelait Yves, et j'entendis Étienne expliquer qu'il était journaliste indépendant — «dans la presse alternative», précisa-t-il d'un air entendu comme si j'avais su ce que cela voulait dire —, mais était-ce seulement à moi que l'on s'adressait ? Le troisième arrivant me fixait de manière si intense que j'avais en quelque sorte senti son regard avant qu'il ne pose les yeux sur moi. C'était un homme d'à peu près ma taille, au visage sec, muni d'un système pileux calqué sur celui d'Alexandre Dumas, c'est-à-dire un sommet du crâne dégarni, des cheveux bouclés descendant loin sur la nuque, une moustache soutenue par une pointe de poils au menton.

— Denis Charassoux, lâcha Étienne avec une fierté qui le fit rougir. Pas la peine de te faire l'article, hein.

Charassoux fit deux pas, étira ses lèvres

comme pour sourire, tendit la main — dans cet ordre.

— Bien sûr, dis-je, d'une voix toujours méconnaissable, et toujours sans bouger. J'ajoutai mécaniquement : J'ai lu presque tous vos livres, comme tout le monde — et sans doute aurais-je dû me méfier d'une réunion qui commençait par un mensonge, mais j'étais beaucoup trop secoué pour réfléchir.

En réalité, je connaissais moins Charassoux par son travail — une trentaine de romans noirs à tendance sociale, plus un grand nombre de scripts vendus à la télévision, plus un tout aussi grand nombre d'articles de presse politiquement radicaux, dont certains dénonçaient précisément l'influence de la télévision sur le nivellement des esprits — que par les dithyrambes que m'en dressait Étienne. Par lui, je savais notamment que Charassoux avait « vraiment » travaillé — c'est-à-dire en usine —, avant de se mettre à écrire, activité qu'il avait choisie, non par dilettantisme, aimait-il à préciser, mais parce qu'il avait, lui, contrairement à la plupart des écrivains bourgeois, « quelque chose à dire », en raison de ses origines prolétaires authentiques. Tout le monde, à part moi jusqu'à aujourd'hui, accordait une place prépondérante aux « origines ».

— Asseyons-nous, lâcha sobrement Charassoux, ce qu'il fit sans plus attendre.

— Étienne nous a dit que vous cherchiez à vous documenter sur le révisionnisme, c'est ça ? commença Yves. Quel genre d'informations cherchez-vous ?

— Un peu de toutes sortes, fis-je, m'efforçant toujours de percer l'invincible brouillard, et désignant d'un geste flou la documentation qui s'étalait sur le bureau. Historiques d'abord, peut-être.

— C'est assez simple. Il doit nous rester quelques brochures là-dessus. Vous avez entendu parler de Rassinier, naturellement ?

— Je ne connais rien à tout cela, pardonnez-moi. C'est un peu une découverte, pour moi.

— Rassinier et Paraz. Le premier était critique littéraire, le second écrivain, un ami de Céline.

L'histoire de Paul Rassinier telle qu'Yves entreprit de la résumer était assez invraisemblable pour que je n'aie pas de doute sur sa réalité. Il se trouvait que le premier révisionniste avait été un militant socialiste, puis libertaire, un résistant, arrêté et déporté à Auschwitz, d'où il était revenu après la Libération. C'était après ce retour, pour des raisons à jamais inexplicables, où devait entrer, probablement, un peu de la culpabilité du survivant, alimentée peut-être aussi par la manière dont il avait pu sauver sa vie, lui qui n'était pas juif, c'était à son retour, donc, que, mettant en œuvre son expérience de critique littéraire, il avait entrepris de passer les témoignages de ses anciens camarades au crible de l'exactitude. En 1948, indigné, disait-il, par la propension de certains rescapés à déformer leur expérience, il avait écrit un premier livre, au titre programme : *Le Mensonge d'Ulysse.* Le héros d'Homère y apparaissait comme une métaphore pour les anciens déportés, l'errance en mer, pour la déportation elle-même, et les exploits légendaires figuraient les récits des rescapés. Tels étaient les témoins directs de la Shoah, pour Rassinier, que leurs écrits n'étaient pas historiquement plus recevables, a priori, que celui de la descente aux Enfers d'Ulysse, au chant XI de l'Odyssée. Il fallait vérifier, disait-il, minutieusement chaque information, ne pas se laisser bluffer par la propagande ou par la manière dont on reconstruit les souvenirs, il fallait lutter contre les affabulateurs, les faussaires, les truqueurs de toute sorte. À cette époque, Rassinier se voulait toujours de gauche : son combat pour la vérité s'inscrivait dans un strict courant rationaliste, il ne pouvait être considéré comme choquant. C'était son ami Paraz, écrivain pamphlétaire lui aussi venu de l'extrême gauche, qui, préfaçant son livre, l'avait interprété comme une possible négation, tout du moins une remise en question encore embryonnaire, des chambres à gaz — ce que Rassinier avait laissé faire, bien que ce premier livre, contrairement à ceux qui devaient suivre, ne contînt rien de si explicite. Ainsi s'était mise en place, dès le départ, cette rhétorique bicéphale monstrueuse dont j'avais eu sous les yeux la version contemporaine, où la recherche rationnelle et systématique de la vérité servait de prétexte à la dénégation.

Truqueur, faussaire, mystificateur : c'était le maître des ruses. L'homme aux mille stratagèmes, celui qui ne parvient finalement à survivre qu'au prix de plus de mensonges encore. Plus de déguisements, un jour roi, un jour mendiant. Celui dont on n'est pas sûr de connaître le vrai visage. La figure d'Ulysse n'était pas choisie par hasard. Celui qui «*pendant des années erra, voyant beaucoup de villes, découvrant beaucoup d'usages, souffrant beaucoup d'angoisses dans son âme sur la mer pour défendre sa vie et le retour de ses marins sans en pouvoir sauver un seul*» — comme le dit Homère dans la traduction de Jaccottet que mon frère récitait à mes parents le dimanche matin quand nous habitions porte Brancion! «*Oui! Je vais, étranger, te répondre en toute franchise : ma mère dit que je suis bien son fils, mais moi, je n'en sais rien : l'enfant, tout seul, ne reconnaît pas son père...*» Ainsi parle Télémaque au début du livre, lorsqu'il croit qu'Ulysse est mort. Il l'a à peine connu. L'amour qu'il lui porte voisine avec la haine envers ce père absent. «*Étranger, puisque tu me poses ces questions, sache que ce palais dut être riche et sans reproche, naguère, tant que mon père fut au pays; mais depuis lors les dieux l'ont pris en traître. Or, de tous les mortels le moins favorisé du Sort, voilà, puisque tu veux savoir, celui qu'on dit mon père... Il est parti obscur, ignoré, il ne m'a laissé que les pleurs et les plaintes. Il est mort et je subis un pire mal qui aura bientôt fait de ruiner toute ma maison et d'épuiser mes biens.* » « Bravo ! Bravo ! » De leurs lits mes parents applaudissent les exercices de lecture de mon frère, debout dans leur chambre, le livre à la main, et moi je le regarde depuis l'embrasure de la porte — je n'ose pas entrer. Son goût pour le théâtre, déjà. Son amour pour les costumes que papa nous ramenait. Son plaisir à mélanger la scène et les coulisses. C'est formidable, mon petit chéri, tu fais des progrès tous les jours. Un mystificateur.

Oui, j'entendais d'étranges échos dans tout cela. Il était question d'écriture, il était question de mémoire trafiquée, il était question d'identité trouble. *Le fictif cautionnera le réel*, avait écrit Doubrovsky dans *Le Livre brisé*. Et, plus loin : « *Si le lecteur a bien voulu me suivre, si j'ai réussi un peu, rien qu'un peu, à éveiller son intérêt pour mon personnage, je lui refilerai ma personne.* » Quelle meilleure définition du mensonge d'Ulysse ? Tout ce contre quoi Rassinier s'était élevé ! « *Reculer les limites du dicible !* » Comment avais-je pu ne pas le voir ? C'était le défi que sa femme avait lancé à Doubrovsky — et c'était le mot d'ordre de Rassinier et de tous les révisionnistes : allez plus loin...

Un détail a été oublié... Cela ne s'est pas exactement passé de cette manière... « *Oui, tu as raconté*, dit Ilse à mon cousin. *À peu près. Avec quelques inexactitudes...* » Il manque quelque chose, encore. X centaines de personnes, même au dernier stade de la malnutrition, cela n'entre pas si facilement dans une chambre à gaz de tant de mètres carrés, voyons, l'histoire n'est pas crédible, refaites votre copie. Et c'est venu comme cela. Aussi bêtement. Le mot d'ordre d'un critique littéraire frustré. « *Comment ça s'est vraiment passé ? RACONTE !* » crie Ilse. « *Monsieur Kosinski, avez-vous réellement été abandonné par vos parents en pleine guerre comme vous le prétendez dans vos livres ? Quelle est la vérité ? Racontez !* » Mais s'il y avait quelque chose d'indicible et d'irracontable, c'était bien l'expérience de l'extermination. Apelfeld, Jiri Weil, Singer... Tous les écrivains juifs avaient écrit de grands romans sur la vie avant la catastrophe, pendant et autour de la catastrophe, après la catastrophe — mais au centre de l'enfer, personne ne s'était jamais risqué. Primo Levi, qui, plus que tout autre, s'était acharné à faire la lumière sur Auschwitz, même lui avait laissé dans l'ombre de son écriture une part de l'expérience. Et c'était cette ombre, ce réagencement, cette part obscure qui avait fini par avoir sa peau — c'était cela, l'autofiction. Ou plus précisément, c'était cela, la part de la *fiction* dans l'*auto* : une structure mensongère construite pour donner un sens au chaos. Une entreprise de survie basée sur la mystification, qui n'altérait pas seulement les faits, mais l'identité de celui qui les énonçait. *Le fictif cautionnera le réel.* Un jeu avec l'échec. Échange de places. Identités truquées. Dire ce qui ne peut être dit. Et, bien sûr, le prix à payer : vers la fin de sa vie, Levi se plaignait d'avoir à relire ses livres pour se souvenir de ce qu'ils contenaient, ils lui semblaient avoir été écrits par un autre. Un double, un «*frère muet*». Resté là-bas? Kosinski, pour sa part, ne se remit jamais des accusations portées contre lui, insinuant qu'il n'était pas l'auteur de ses livres. Qui d'autre les avait écrits, alors? Quelle part obscure l'obligeait à se cacher, à travestir certains faits, jusqu'à donner des arguments à ses détracteurs? Romain Gary, encore un rescapé, s'était métamorphosé en Ajar pour rester lui-même. Des faussaires, des truqueurs. Sous couvert de tout dire, ils préservaient l'ombre et l'incohérence. Voilà ce que Rassinier leur reprochait, et avec lui tous les négationnistes, ces intégristes de la Raison. Mais si, des deux côtés, la culpabilité jouait son rôle dans l'entreprise de manipulation de l'insupportable, aucun révisionniste, pas plus qu'aucun ancien nazi, n'en avait assez souffert pour jamais attenter à ses jours. Primo Levi s'était suicidé. Kosinski s'était suicidé. Romain Gary s'était suicidé. Doubrovsky avait échangé son suicide contre celui de sa femme... Au bout du compte, la honte était du côté des victimes, comme toujours. C'étaient elles, les victimes, qui se sentaient abjectes. C'étaient elles, les victimes, qui se voyaient coupables du crime que l'on avait commis sur elles. C'étaient elles qui voulaient mourir. Et la falsification, la seule qui fût vraiment insupportable, c'était celle-là.

Mentir pour échapper au cauchemar de l'Histoire. Rassinier n'était pas le seul à le leur reprocher. Il y avait eu *moi* ! Je le comprenais maintenant, mais trop tard. Car si j'avais raison, si tout pouvait se résumer aussi simplement, si toute cette haine n'était rien d'autre que l'expression d'un critique littéraire haïssant la littérature, alors, dans ce cas, qu'est-ce que cela faisait de moi ? Moi qui n'avais eu de cesse, avec l'aide de ma si remarquable épouse, de dresser le procès de mon cousin comme je dressais maintenant celui de mon frère ?

Mon frère ! Mon frère — j'en revenais toujours là. C'était lui, ma part d'ombre. « *Ce qui se passe n'est plus tolérable*, récite-t-il dans mon souvenir, *et ma maison succombe affreusement : n'en êtes-vous pas indignés, ne rougissez-vous pas devant les peuples d'alentour ?* » Et mes parents : « Bravo ! Bravo ! » Si intelligent, si cultivé, si malin. Assez pour sécher ses cours, tandis que mes parents applaudissent !... Il imitait leur signature sur des mots qu'il rédigeait lui-même à l'intention du professeur. Le soir où nos parents l'avaient appris, à leur retour du conseil de classe, nous avions eu droit à notre première nuit blanche, le premier psychodrame d'envergure, le premier sermon d'une longue série sur l'avenir sinistre qui attendait Marc s'il continuait comme ça. Et bien sûr, il avait continué.

Longues conversations adolescentes avec un si grand nombre de filles. Je le voyais, avec ses cheveux longs, sa peau fragile et pâle, ses yeux bleus, ses traits fins, son air d'être un ange... Tout le contraire de moi ! Moi, je sautais sur toutes les paires de seins que je pouvais trouver. J'étais avide oui, mais non de sexe, contrairement aux apparences. Une fringale brute de responsabilité, voilà ce qui m'animait : exister enfin ! M'affranchir de cette solitude et de cette injustice qu'avait été mon enfance ! Devenir l'adulte qu'avec ténacité, je suis, hélas, devenu ! Trouver une femme au plus vite, afin de régler la question, même si j'étais bien le seul à désirer cela, vers la fin des années soixante-dix. Marc, lui, prenait son temps. Pour l'essentiel, ses petites amies étaient des gamines muettes, aux seins plats, aux longues robes néo-hippies comme on en trouvait en ce temps-là, et pour toute sensualité, il devait échanger ses poèmes contre trois touche-pipi maladroits, et la lecture d'un journal intime insipide et morbide, mais à l'époque, je ne le savais pas, pour moi, c'était un séducteur, un vrai don Juan, et puis il y avait l'aura un peu noire, déjà, qui entourait ses aventures.

Moi qui me contentais d'être un élève laborieux, moi qui me satisfaisais, crétin que j'étais, de travailler pour passer en classe supérieure, comment pouvais-je imaginer que ce même adolescent, séducteur, cultivé, et fin — selon ce que je voyais de lui ! Selon la langue de bois familiale ! —, ce jeune homme dont l'avenir alimentait l'insomnie de mes parents, ce frère dont le dossier scolaire provoquait des discussions considérables chez les professeurs, comment pouvais-je comprendre, qu'en dépit de tout il fût aussi le cancre qui mentait à ses parents, organisait de véritables révoltes collectives à l'école, et se faisait exclure du lycée ?

«*L'enfant, tout seul, ne reconnaît pas son père.*» Dix-sept ans : moi, au même âge deux ans plus tard, je commencerais de me calmer, l'année suivante je rencontrerais Marie, je serais désormais l'homme que j'avais voulu être et que j'étais encore aujourd'hui, mais lui, lui à dix-sept ans, viré de l'enseignement public pour indiscipline, pour résultats scolaires apocalyptiques, inscrit dans un lycée privé, le seul que mes parents aient trouvé à cent kilomètres à la ronde — et c'était contre toutes leurs convictions, mais l'avenir de Marc valait bien de trahir la cause —, le seul endroit qui pût encore l'accepter, oui, un bahut catho en la bonne ville de Dijon, et à sa demande, ils avaient loué, là-bas, une chambre — lui, moins de six mois plus tard, il hébergeait clandestinement une fugueuse mineure, Agnès Blanchard elle s'appelait, on avait appris ça par la police, après que la brigade des stups eut investi le lycée et que deux inspecteurs se furent rendus jusque chez lui et les eurent découverts, mes parents avaient reçu un coup de fil en pleine nuit des parents Blanchard, puis du patron de mon père, puis à nouveau du père Blanchard, lequel, comme ça se trouve, n'était autre que l'adjoint municipal à la culture, chez nous, voyez-vous ça, la police, comment ça la police, de la drogue au lycée, mais comment est-ce possible, voyons monsieur Blanchard, nous sommes des gens sérieux, se distinguer de la sorte, nous faire honte à ce point, et tandis que l'on faisait dans la nuit l'aller-retour Besançon-Dijon pour ramener la belle et sermonner le prodigue, on s'interrogeait tout de même un peu sérieusement, les flics avaient arrêté son co-turne mais pas lui, coup de chance, c'était égal tout de même, qu'est-ce qu'il avait, qu'est-ce qu'il voulait, qu'est-ce que tout ça voulait dire, est-ce qu'il comprenait que c'était sa dernière chance, ce lycée, cette révolte aberrante contre tout et n'importe quoi, on disait qu'il avait osé gifler un professeur d'histoire en plein cours, non mais vraiment, à quoi est-ce que ça rimait tout ça, se révolter, mais contre quoi, bon sang, contre quoi, petit salaud, toi qui avais eu tout ce que tu pouvais vouloir, toi qui avais eu tout ce que l'on peut avoir, l'amour, la confiance, la certitude de réussir, comment pouvais-tu refuser à ce point, comment pouvais-tu refuser de vivre alors que moi j'étouffais, je crevais d'indifférence, mais enfin bon, on avait encore fait notre possible pour n'y plus penser, n'est-ce pas, ça aussi on allait pouvoir l'avaler, même quand à la fin de l'année il quitta définitivement le lycée, réduisant à néant les efforts de mes parents, il fallait essayer de comprendre, et oublier, après tout les autodidactes ça existe, comprendre et oublier, même quand l'année suivante les subventions dont dépendait la troupe de mon père avaient été réduites du tiers — mais qui pouvait prétendre qu'il y eût un rapport, le père Blanchard était un homme compréhensif, il était venu dîner plusieurs fois à la maison —, comprendre, et oublier, même quand à deux ans de là, après une nouvelle rogne budgétaire, la troupe déposa son bilan — mais comment accuser Marc, les recettes baissaient régulièrement depuis plusieurs années déjà, fini la culture populaire, on allait aborder les années quatre-vingt, impossible, quand même, tenir mon frère pour responsable de l'époque — comprendre, et oublier, même quand, dans l'intervalle entre son départ catastrophique du lycée et la faillite du théâtre, Marc vendit un article à la presse régionale, et que ses premières lignes, dans une petite revue culturelle locale toute neuve, un petit journal d'avant-garde, les premières lignes, sur deux pages pleines, attaquaient au vitriol le spectacle de la troupe où jouait mon père.

«*Ma mère dit que je suis bien son fils, mais moi, je n'en sais rien.*» Non : je ne serai jamais sûr. Un tel déni chez son fils préféré. Mais je lui parlais si peu moi-même : souffrait-il ? Comment savoir si la bouteille ne l'aidait pas, un peu, à oublier, justement ? L'inactivité, pour un homme déjà enclin aux absences et aux fuites, peu habitué de surcroît à chercher du travail, suffit presque à expliquer la suite. Oui — presque, oui. Mais reste une certaine inclination. Une certaine intention mauvaise. Une direction suggérée par l'attitude de mon frère en ce temps-là. C'était, somme toute, assez simple : comment un génie tel que lui se serait-il contenté d'un père comme le nôtre ? À qui la faute, si les prédictions familiales ne se réalisaient pas ? Il ne supportait pas la médiocrité, il ne supportait pas le désir de normalité, ni la honte sous-jacente, et, plus que tout, il ne supportait pas la morale étriquée au nom de laquelle son père délaissait les perspectives de carrière. Son père : c'était le démenti le plus flagrant des promesses d'avenir dont il s'était repu toute son enfance. Il était logique qu'il désire sa mort.

Et moi, pendant toutes ces années ? Je l'ai admiré, bien sûr. Plus ce qu'il disait ou faisait paraissait scandaleux, lamentable, ignoble, plus il devenait important aux yeux de tous, et tout spécialement aux miens ! Oh, ce n'était pas à moi qu'on aurait jamais reproché de mentir ! Personne ne m'en a jamais voulu d'avoir trahi la confiance de quiconque, de ne pas travailler en classe, de me taper des filles bonnes pour le brancard ou la camisole ! Oui, j'ai grandi dans la jalousie haineuse et admirative de mon frère ! Oui, j'ai souhaité pour moi les malédictions lénifiantes dont mes parents le couvraient, ces anathèmes extraordinaires où je voyais, moi, le signe de son élection ! Et je le haïssais de recevoir tout cela sans un mot ! Avec pour toute réponse son éternel petit sourire sarcastique ! Ce sourire supérieur ! À sa place, j'en aurais trouvé des choses à dire ! Ce qu'ils attendaient de sa part, cette contrition, cet amour, cette reconnaissance jamais venus, je ne demandais qu'à les exhiber, moi ! Parfois, le soir au fond de mon lit, dans le silence, je me voyais, affreux gamin repentant, grand coupable à mon tour, redoutable et effrayant, monopolisant l'attention de tous... Mais j'étais trop normal pour qu'on se soucie de moi ! Je ressemblais trop à ce que mon père avait voulu devenir ! Je n'avais rien, n'est-ce pas, de pathogène ! Du moins si l'on compte pour « rien » cet immense désir d'être aimé que je n'ai jamais réussi à combler, qui m'a précipité entre les bras de Marie, à dix-huit ans, pour l'unique raison qu'elle était amoureuse, et que je n'avais pas envie de m'interroger plus avant sur mes sentiments à son égard. (Je n'avais pas envie de m'interroger sur mes sentiments à l'égard de quiconque !) Un bon chien. C'était ce que j'étais. Un bon chien couvant la rage. J'aurais accepté n'importe quelle démonstration d'affection, mais mon désir le plus profond était de devenir aussi détestable que Marc.

À quel point mon frère a déterminé toute ma vie, c'était ce que je commençais tout juste à comprendre. Je m'étais marié à cause de lui. J'avais gâché mon énergie à écrire ce putain de livre sur Colomb pendant des années, à cause de lui. Et maintenant, j'en étais à me perdre dans des adultères pitoyables, et le seul texte qu'il me restait à exhiber en fait d'écriture, c'était celui que je dissimulais dans la doublure de ma veste : le texte du délire, qui me consumait de honte. Ce texte écrit par lui, et non par moi, dans lequel pourtant je ne pouvais pas ne pas voir la matérialisation de mes silences, de mes échecs, de mon insaisissable différence, et de tout ce que tout le monde m'a toujours reproché.

— J'ai cru comprendre que vous avez vous-même mis la main sur une documentation intéressante, dit Charassoux, qui jusqu'à présent n'avait pas ouvert la bouche et s'était contenté de m'évaluer du regard.

— Eh bien, dis-je, une sorte de petite revue, oui. Si vous pouviez m'aider à en savoir plus...

Je farfouillai dans mes poches, posai le mince volume devant lui.

— *Revue de la Nouvelle Histoire*, lut-il à haute

voix, avant de tendre le bras en direction d'Yves : tu connais ?

Puis, revenant à moi tandis que l'autre se plongeait dans le décryptage de l'objet :

— Comment êtes-vous entré en possession de ce torchon ?

Je jetai un coup d'œil à Étienne, lequel rosissait de plaisir sitôt que Charassoux prenait la parole.

— Des contacts. Des gens que je connais. Peu importe, d'ailleurs. J'ai juste besoin de savoir d'où ça vient.

— Denis a une documentation exceptionnelle sur tout ça, tu sais, intervint Étienne, souriant d'un air qui se voulait engageant. Tu peux lui faire confiance.

— Je sais qui est Denis.

Puis, dans le silence qui menaçait de s'installer :

— Regarde, fit soudain Yves, regarde ça.

Charassoux se pencha vers le nom que lui indiquait Yves, Étienne émit un petit sifflement entre ses dents :

— Alors là mon pote, tu peux dire que tu me la coupes, hein ! complimenta-t-il. Pour un mec qui s'intéresse pas à ces questions, putain, tu fais plutôt fort. Faut que ça s'arrose, bordel !

— Qu'est-ce qui se passe ?

— Quelqu'un qu'on connaît, m'expliqua Yves. Il venait souvent ici dans le temps.

— Xavier Dupontel. Il a écrit quelques polars

pour Denis. T'as pas lu ? On savait depuis un moment qu'il fricotait avec l'autre bord mais on n'avait jamais rien eu de concret. Tu parles d'un coup !

— On est infiltrés en permanence, conclut un Charassoux sentencieux. Dès qu'on relâche un peu la vigilance...

— Oui, enfin, c'est arrivé qu'une fois.

— Jusqu'à présent, Étienne. Jusqu'à présent. Regarde seulement comment ça se passe chez les mecs de « Résistance ».

— Oh, ceux-là...

— Des vraies passoires.

— Des vrais connards, oui.

— La moitié de leurs mecs sont des flics, y se font manipuler tous les quatre matins.

— Eh ben, voilà ce qui se passe quand on fait pas gaffe.

— Ouais.

— En tout cas si Dupontel bosse dans ce machin, ça veut dire quelque chose.

— Et, demandai-jc, qu'est-ce que ça veut dire ?

Personne ne se sentit obligé de répondre. Charassoux s'était remis à éplucher la revue page à page.

— Vous ne vous rendez pas compte à quel point c'est important pour nous, renchérit Yves, hilare.

— Eh ben, mon pote, putain... fit Étiennc en secouant la tête d'un air admiratif.

Je souris à mon tour. Tout le monde semblait content. Le fac-similé de *Paris-Soir* était toujours posé près de moi. La lumière de la lampe au milieu de la table éclairait en plein le visage du Maréchal, juste derrière Étienne et Charassoux. L'atmosphère était presque chaleureuse. Je me sentais à la fois fiévreux et détendu, le genre de sensations que j'éprouvais au fond de mon lit quand j'étais gosse et qu'une grippe me forçait à rester couché. Passif. Absent à moi-même. Trop malade pour pouvoir lutter.

— Dites donc, lança soudain la voix métallique de Charassoux, me faisant sursauter, ce serait pas votre nom, ici?

— Où ça? dis-je, complètement idiot.

— Là.

Son doigt désignait la page de mon frère, qu'il avait jetée au centre de la table avec un bruit sec, tandis que trois paires d'yeux outrés convergeaient vers moi.

Chapitre 6

LA RÉVISION DES APPARENCES

— Non, mais c'est pas... hein ? baragouina Étienne, rougissant et remuant considérablement sur sa chaise après quelques secondes d'un silence indescriptible.

— Alors ? Vous aussi vous pensez — je cite — que « la réalité ou non des chambres à gaz est une fausse question » ?

Je crois que je ne saurai jamais vraiment ce qui s'est passé ensuite. Pour une raison ou pour une autre, je n'avais pas démenti Charassoux dans la seconde où je le pouvais encore : un sourire, une phrase qui me rangerait définitivement de son côté tout en accablant mon frère. Après tout, j'étais aussi là pour ça... Un mot qui ferait apparaître sur le visage de l'écrivain le souvenir, même vague, d'une quelconque chaleur humaine. Mais je ne l'avais pas fait.

— Eh, appelait Étienne, comme pour me réveiller ! Oh ! Dis quelque chose, putain...

Je ne saurai jamais. J'avais adopté un silence

semblable, et tout aussi inexplicable, lors de l'enterrement de mon père, face à Luddmeyer, et je m'étais piégé. C'était le silence qui m'avait mené à la poursuite de Marc, m'avait mené où j'en étais à présent, à ce nouveau silence dans lequel je m'enfonçais. Et ainsi de silence en silence, c'était trop tard, j'avais glissé de l'autre côté du mensonge. Cette fois, pourtant, ce n'était pas de la honte, que j'éprouvais, et moins encore, ainsi que nous allions tous nous en rendre compte, le désir de me taire. Cette fois, on allait m'entendre.

— Il faut bien le reconnaître, commença quelqu'un qui se trouvait assis sur ma chaise, il n'y a pas beaucoup de différence entre les débats actuels sur la réalité des chambres à gaz et, mettons, les discussions théologiques sur l'existence de Dieu. C'est une véritable religion, maintenant, la Shoah. Elle a sa morale et ses lieux de culte, et les nouveaux libertins sont ceux qui refusent d'y croire, je dis ça, alors là vraiment, sans aucun jugement de valeur.

Moi aussi, j'avais lu quelques-uns de ces romans noirs si distrayants. Moi aussi, je savais ce qu'il fallait savoir de ce genre de bouquins, que Charassoux écrivait et éditait avec tant de bonheur. J'étais de ma génération, je pouvais apprécier *Le Silence des agneaux* et James Ellroy, comme tout le monde. Je connaissais ces longues fictions infantiles où l'on joue avec le Mal et la transgression. Où le héros, pour retrouver un serial killer fasciste et sadique, doit, à défaut d'indices matériels, anticiper ses réactions. Apprendre à penser comme lui, à parler comme lui, devenir une sorte de double. Une méthode comme une autre. Je pouvais en remontrer à Charassoux, là-dessus, je pouvais en remontrer à beaucoup, sans trop d'efforts, encore.

— Ce qui se passe avec Auschwitz, c'est pas n'importe quoi, on est tous d'accord là-dessus, mais moi, je dis aussi, alors là, soyons aussi lucides, il y a quelque chose de mythique, là-dedans, tout ça s'est tellement stratifié en cinquante ans, vous vous rendez compte ? Regardez le musée de l'Holocauste, regardez Yad Vashem, tous ces gosses qui viennent visiter ça comme on va au cinéma, regardez Spielberg, regardez Meryl Streep, regardez Régine Deforges ! Qu'est-ce qui reste de la réalité, après ça ? Vous croyez que les gosses qu'on envoie à Auschwitz en colonie de vacances pour fortifier leur identité juive, vous croyez que ça ne fait pas des générations de névrosés bien-pensants ? Vous croyez que ce type, là, qui a buté cinquante Arabes à Hébron, il ne connaissait pas par cœur chaque centimètre carré de Yad Vashem ? Pas besoin de carmel, à Auschwitz ! C'est déjà l'église de l'Histoire !

Soyez un bon Français. Le petit frère malheureux, le bon fils esseulé ! Libéré par ces nuits d'insomnies passées depuis la mort de son père, libéré par la suspicion préventive de ses interlocuteurs, libéré, bien au-delà de la fatigue, il parlait sans pouvoir s'arrêter, sur les traces de son frère. Qu'est-ce que Marc aurait dit, si j'avais été lui ?

— Dites « Auschwitz », dites « Terezin », dites « Birkenau » : vous déclenchez des orgasmes ! On veut un centre commercial à Auschwitz ? Mais moi, je dis, alors là, allons-y ! Avec pyjamas rayés en promotion ! Complexe multi-salle en prime ! *La liste de Schindler* en séance continue, « ma vie dans le baraquement treize » produit par Walt Disney ! Des conférences d'Arno Klarsfeld sponsorisées par Benetton ! Et pourquoi pas ? Pourquoi pas ? Dieu est mort au XIXe siècle ? L'Histoire ne survivra pas au XXe ! Voilà ce que je pense ! Oublions tout !

Mon exultante proposition fut accueillie par l'imperturbable poster du Maréchal accroché au mur, par *Paris-Soir*, 5 février 1942 et le Carnaval de Nice, par ma documentation éparpillée sur la table — et par trois blocs de marbre, qui menaçaient chaque seconde un peu plus visiblement de s'abattre sur moi.

— Et, fit Charassoux en détachant chaque syllabe, on peut savoir pourquoi vous venez nous raconter tout ça ?

— Eh bien, mais je vous l'ai dit, je cherche de la documentation. J'ai rédigé cet article, oui, bon, d'accord, mais je me sens pas le moins du monde fasciste, vous comprenez, pas du tout. Moi, ce que je veux, c'est libérer la pensée de tous les tabous, toutes les vérités sont bonnes à dire, ma démarche est révolutionnaire, on a libéré le sexe il y a trente ans avec la révolution sexuelle, maintenant, c'est la tête qu'il faut libérer. Alors bien sûr, quand on se lance dans ce genre de combat, on prend des risques, je me fais pas d'illusions, et tout spécialement celui de se faire manipuler. Eh bien, je me demande si ce n'est pas le cas avec cette revue, voilà. Je me demande si je me suis pas un peu précipité. Ou quelque chose de ce genre, voyez?

— Je croyais que ton sujet était Christophe Colomb, dit Étienne sans me regarder, d'une voix si basse et si hostile que j'eus du mal à la reconnaître. La découverte de l'Amérique et toutes ces conneries.

— Oh, ça, tu sais... Mon gagne-pain, quoi. Gentil à toi de m'avoir aidé à trouver un éditeur, à propos, mais publier une thèse vieille de quinze ans... Il y a tellement de choses plus importantes. Non, ce que je voudrais, c'est faire un livre là-dessus, tu vois, ça oui. Je pourrais peut-être rappeler ton copain, qu'est-ce que tu en penses? Après tout, c'est quand même grâce à toi que j'ai commencé à réfléchir à tout ça.

— Grâce à moi?

— Oui, tu ne parles que de ça. Pétain, Vichy, l'Occupation. Tous les jours. Ça, plus ce que tu peux faire pour entretenir ton amitié avec un petit Juif dans mon genre. Me présenter à des éditeurs, trouver quelqu'un pour m'aider... Formidable. Tu es formidable, Étienne. J'ai même failli me sentir coupable à l'idée d'abandonner ce bouquin.

Je n'eus pas le temps d'en dire plus. Avec une rapidité qui me surprit, Étienne s'était levé et, me saisissant par le col et me tirant à lui d'un geste qui me força pratiquement à faire le tour de la table, il m'envoya un formidable coup de poing juste sur la pommette, je basculai contre le mur avec une force inouïe.

Et c'était cela. Aussi simple, aussi limpide, aussi tranquille que cela : la haine. Après bientôt trente-cinq années d'obéissance ! Trente-cinq putains d'années à jouer le même rôle, enfin ! Une pointe de feu sous l'œil, quelqu'un riait dans la pièce, il me fallut dix secondes avant de comprendre que c'était moi. J'arrive, Marc. J'arrive. Pauvre Étienne. Pauvre ami de confiance. Si plein de sollicitude, de graisse, et d'altruisme. *Soyez un bon Français !* Oh, comme j'aurais aimé voir sa tête, s'il avait su à quel usage avait servi sa table de travail ! Ce que j'avais foutu ici en prétendant écrire ? Eh bien : j'avais foutu, oui, c'était le mot juste.

Yves, qui s'était interposé, s'efforçait de contenir un Étienne éclatant de colère, et d'une douleur si profonde, si totalement sincère que, l'espace d'une seconde, j'en éprouvai quelque pitié.

— Vous feriez mieux de partir, disait Yves

tout près de moi. Vous feriez mieux de rentrer chez vous.

— Mais je vais le buter, moi, ce petit con ! Je vais lui faire la peau !

— Calme-toi, Étienne, disait Charassoux qui n'avait pas bougé de sa chaise. Calme-toi ! Il s'agit de ne pas céder aux provocations.

— Je vais l'envoyer à l'hosto pour le compte !

— Vous m'entendez ? Rentrez chez vous. Cassez-vous.

Le dos contre le mur, la main sur ma joue brûlante, incapable de prononcer une parole, j'avais le sentiment d'essayer de sortir d'un rêve.

— On ne veut pas de vous, ici.

Sonné, je parvins néanmoins à bouger. Je fis mine de m'approcher de la table pour m'emparer de la revue.

— Pas question ! fit Étienne, le visage congestionné, me repoussant d'un revers de la main si violent que je manquai de m'écrouler. On garde ça, t'entends ? Tu touches à rien de ce qu'y a ici !

— Prenez votre manteau et allez-vous-en.

Je m'exécutai.

« Tu peux préparer ton recyclage, connard ! » La voix d'Étienne me suivit tandis que je m'éloignais dans le couloir, toujours dans une sorte d'état second, l'esprit résolument vide, et que je me retrouvais dans l'ascenseur, puis dans l'entrée de l'immeuble, et enfin, sur le trottoir, où tombait une pluie lourde, portée par le vent et l'obscurité du soir. «Je vais m'occuper de ton cas à la fac, moi, petit salopard!» Flaques d'or et de sang sur le bitume noir — les voitures passaient en m'éclaboussant. Je rentrai chez moi à pied, traversant la moitié de Paris, détrempé, avec l'espoir que la pluie parviendrait à calmer tout à la fois mon visage, et mon âme. À ce que je pus voir du coquard violacé naissant sous mon œil droit dans le miroir de l'ascenseur, il n'y avait guère de chances. Quant à l'âme, j'avais perdu toute idée de l'endroit où elle pouvait se trouver, pour autant qu'une telle chose avait jamais existé.

Marie avait dû m'entendre arriver, car, à près de minuit, lorsque j'ouvris enfin la porte, elle se tenait dans l'entrée, prête à m'accueillir.

«Ah, te voilà, fit-elle. Je t'attendais. Tu peux venir voir par ici, s'il te plaît?» Indifférente aux couleurs exotiques de ma joue, elle me guida jusqu'au salon, où je la suivis, sans prendre garde à l'inhabituelle dureté de sa voix, et soudain, avec une détermination froide et sans faille, tout son corps se tourna brusquement vers moi, son bras siffla dans l'air, je pris le deuxième coup d'une soirée fertile : une gifle sonore me claqua l'oreille avec une telle violence que je dus reculer de trois pas sous l'effet du choc.

— Mais qu'est-ce que... bafouillai-je, en un signe indubitable que face à ma femme je redevenais très vite moi-même, fût-ce à demi sourd et me frottant la joue. Qu'est-ce que...

— Où étais-tu ?

— Quoi ? C'est une plaisanterie, ou quoi ?

— Où étais-tu ? dit-elle à nouveau, détachant chaque syllabe, ses cheveux blonds et raides dans les yeux, et les deux mains sur les hanches.

— Eh bien, c'est un petit peu compliqué à raconter, figure-toi. Qu'est-ce que c'est ce cirque, exactement ? À quoi est-ce que tu joues ?

— Moi ? C'est moi qui joue à quelque chose ? Vraiment ? C'est moi ?

— Je ne sais pas du tout de quoi tu parles.

— Elena a appelé.

Elena, répétai-je après quelques secondes passées à chercher une réplique intelligente.

— Tu vois de quoi je parle, maintenant ?

En fait, elle avait appelé deux fois. En début de soirée pour s'enquérir de mon retard — depuis la cabine qui faisait face au restaurant vénitien où je lui avais fixé ce rendez-vous dont je m'étais brutalement souvenu, mais trop tard, en sortant de chez Étienne, et où je m'étais précipité, en vain, avant d'essayer de la joindre chez elle. Dans l'enfilade des catastrophes de cette soirée, j'étais tombé sur sa logeuse. Cet appel motivait le second coup de fil d'Elena, deux heures plus tard, quand, de retour chez elle, ladite logeuse l'avait menacée de lui faire vider les lieux si elle s'obstinait à fréquenter des névropathes appelant à n'importe quelle heure pour dire des insanités, n'hésitant pas à la harceler, à l'insulter de manière ignoble, et à la menacer.

En vérité, dans l'état d'agitation où je me trouvais, ma conversation avec Marchandeau n'avait pas été, je le crains, des plus diplomatiques.

— Je vous ai pas dit, déjà, point de vue de l'heure, pour le téléphone ?

— Je suis vraiment navré, madame Marchandeau, je m'excuse, mais c'est un cas de force majeure.

— Si tout le monde faisait comme vous, ça serait quoi, à votre avis, chez moi ?

— Écoutez...

— Je vous l'ai dit ou je vous l'ai pas dit ?

— Vous me l'avez dit.

— Non mais parce que c'est toujours pareil avec les gens comme vous.

— Je suis vraiment désolé, je ne veux pas vous déranger, je veux juste...

— De toute façon, elle est pas là, Elena.

— Elle n'est pas là ?

— Elle est pas rentrée. Et puis même si elle l'était, je vous la passerais pas, je vous dis franchement. Pas à cette heure-là. Faut respecter la vie des autres, monsieur Vaseman. Y a une discipline pour tout le monde.

Je m'étais concentré, à travers la vitre de

la cabine, sur le feu du carrefour, qui passait lentement du vert au rouge, en adéquation avec mon état d'esprit.

— Vous savez quoi ? Vous êtes une sale pute, madame Marchandeau.

Explosion de silence incrédule pour toute réponse.

— C'est des salopes dans votre genre qui dénonçaient les Juifs à la Gestapo pendant la guerre !

— Quoi ? Non mais... Non mais... Soyez un peu poli, dites donc ! Non mais vous êtes fou ! Vous êtes malade !

— Vous croyez que ça se voit pas ? Je le sais depuis le début !

Un couple de passants s'était retourné pour jeter un œil dans la cabine d'où je vociférais.

— Vichyste ! Nazie ! Vous qui aimez les hôpitaux, je vais vous y envoyer, moi, connasse ! Vous perdez rien pour attendre !

Puis j'avais raccroché avant de lui laisser le temps de répondre. Et c'est en apprenant le contenu de cette conversation qu'une Elena ulcérée avait entrepris de tout raconter à ma femme.

— Tu peux m'expliquer ce que c'est que cette histoire ? dit Marie.

Nous nous dévisagions, dans le salon, aussi abasourdis l'un que l'autre, cherchant la mesure de la situation. Ce qui nous manquait cependant, c'était l'échelle de valeurs. Pas une fois, au cours de ces treize années de mariage, pas une fois nous n'avions eu la moindre dispute.

— Bon. Bon écoute...

— C'est vrai ? Je veux savoir si c'est vrai.

— Écoute. Essayons de nous calmer, d'accord ? Essayons déjà d'être raisonnables. Ça ne sert à rien de discuter en s'énervant. On ne peut pas réfléchir comme ça.

— Je veux savoir si c'est vrai ! cria-t-elle.

— Si quoi, est... De quoi est-ce que... Non mais enfin bon... Que j'aie fait une connerie, c'est possible, c'est une chose... Ça arrive dans les meilleurs couples, tu sais. On peut en parler, si tu veux.

— Si je veux ?

— Marie...

— Si je veux ? Espèce de...

Alors, plutôt que d'achever, elle me considéra un long moment, avec une sorte de surprise. Puis elle se mit à parler, d'une voix étrange, basse, portée par une fureur contenue qui devait enfler progressivement — une voix telle que je ne lui en avais encore jamais entendu :

— Plus de treize ans que je me coltine les petits problèmes de Monsieur ! Ses petits complexes ! Sa petite famille ! Sa petite existence ! Sa petite enfance malheureuse qu'il faut réparer jour après jour ! Qui est-ce qui t'a appris à ne pas être en retard, le dimanche, quand on va déjeuner chez tes parents ? Qui t'a appris à payer tes factures à l'heure, à mener une vie à peu près normale ? La bonne nounou, Marie la bonne conne !

— Marie...

— Ce monstrueux narcissisme que vous planquez tous sous vos petits airs ! Le clan Weitzmann ! Des vrais mecs, c'est ça ? La guerre, et tout le bataclan ! Quand c'est pas toi c'est ton cousin, quand c'est pas ton cousin c'est ton frère, quand c'est pas ton frère c'est ton père, ou ton grand-père, ou je ne sais qui encore, et c'est comme ça depuis que je vous connais ! Vous êtes tous pareils dans la famille !

— Ne mélange pas tout, s'il te plaît. Ne mélangeons pas tout. Laisse ma famille tranquille.

— C'est elle, qui me laisse pas tranquille, ta famille ! Ta putain de sacro-sainte famille de merde à la con ! Qu'est-ce que tu crois que j'ai eu comme vie, moi, pendant ce temps-là ? Qu'est-ce que j'ai eu dans le rôle de la bonne infirmière psychiatrique ? Mais va les rejoindre tes putes brésiliennes ! Va les rejoindre, je leur souhaite bien du plaisir ! Parce que ça aussi, hein ! Même ça il a fallu te l'apprendre ! Quinze ans qu'on se connaît, quinze ans que tu récites ta leçon au plumard en bon élève laborieux !

— Marie, écoute, calme-toi, voyons, tu ne sais pas ce que tu dis...

— Ne me touche pas ! Ne me touche pas ! Si tu me touches, je hurle ! Je sais parfaitement ce que je dis ! J'ai eu quinze ans de frustration nuit par nuit pour le savoir ! Espèce d'impuissant ! Larve ! Minable ! Et c'est toi qui vas voir ailleurs, en plus ? Celle-là c'est la meilleure...

— Bon écoute, hein, je ne vais pas discuter dans ces conditions...

— Quoi, « discuter » ? Mais de quoi est-ce que tu veux « discuter », mon pauvre ami ? De tout ce que vous m'avez volé pendant tout ce temps ?

— Parce qu'on t'a volé ? Et qui ça, « on » ?

— Vous ! Vous tous ! Vous m'avez volé ma vie !

— Tu racontes n'importe quoi. Je ne t'ai jamais vue dans un état pareil, c'est ridicule.

— C'est ça, prends ton petit air de professeur. Ça tu sais faire, hein ? Ça fait des années que j'en peux plus ! Des années que j'attends que tu te réveilles et que tu leur échappes ! Toi et tes cours à préparer ! Toi et ton manuscrit si génial que personne n'en a jamais lu la moindre ligne... Qu'est-ce que tu cherches à prouver ? Que tu peux faire ta petite crotte comme tout le monde dans la famille ? Que tu peux faire plaisir à ta maman, le dimanche quand elle te demande comment ça avance, alors que c'est elle qui croit te faire plaisir en te posant la question ? Moi, je m'en fous, moi, de vivre avec un spécialiste de Christophe Colomb ! Je m'en tape ! Tu aurais laissé tomber ce livre, tu aurais été un petit peu moins obnubilé par l'idée de leur plaire, on aurait peut-être eu une chance de trouver quelque chose à se dire ! Tu t'es servi de moi !

— N'importe quoi, tu racontes n'importe quoi.

— Tu m'utilises depuis le début ! J'étais là pour te regarder faire et assurer l'intendance ! J'étais là pour te regarder séduire tes parents ! Une image de femme ! Une étiquette de femme ! Un mannequin au rayon « épouse de professeur, bonne culture générale, dépendance affective » ! Ça faisait bien dans le tableau, ça allait avec le reste ! Qu'est-ce que tu veux que j'en aie à foutre, moi, de ta pute brésilienne...

— Cesse de répéter ça tout le temps, c'est...

— Quand je pense que je serais restée jusqu'au bout sans cette histoire ! Quand je pense que j'aurais pu être assez conne pour ça !

Maintenant, elle semblait presque m'avoir oublié. Elle allait et venait d'un bout à l'autre du salon comme un fauve en cage, les cheveux ramenés sur le visage, et j'étais pour elle moins un interlocuteur que le témoin d'une lutte qu'elle se livrait.

— Je m'en veux ! Si tu savais comme je m'en veux ! Exploitée jusqu'au trognon ! C'était pas grave que je m'emmerde ! C'était pas grave que j'aie jamais le moindre orgasme ! Tu comprends, tu souffrais tellement. Tu te débattais tellement. Tu avais tellement de problèmes, espèce de salaud! Je n'allais pas te quitter! Même quand au bout de six mois de mariage j'ai compris que j'avais fait une connerie, je n'allais pas te quitter! La parfaite bonne sœur, la Mère Teresa de la vie conjugale! Mon père m'a pas mis dix ans au pensionnat pour rien, paix à ses putains de cendres! Je me disais, «Je peux pas lui faire ça! Je peux pas lui faire ça, avec ce qu'il subit déjà!» Même te parler, même une explication, je pouvais pas l'envisager. Je me disais, «moi, que je souffre, bon, c'est dans la ligne, n'est-ce pas, j'ai appris, je peux supporter, mais lui! Il est si fragile!» Et après, il a été trop tard. Après tout ce que j'avais déjà accepté... Un peu plus un peu moins... Les humiliations qu'accepterait n'importe quelle infirmière. Ton mutisme, les heures que tu passes cloîtré dans ton bureau pour faire plaisir à tes parents qui s'en tapent encore plus que je ne peux le faire, tes contre-performances au plumard, la honte de te voir pris en charge par tes collègues à la fac quand ce n'est pas par moi. La honte de vivre avec un mec qui n'a jamais rien été d'autre qu'un parasite servile! Plus tout ce que je devais spécialement subir de la part de ta mère, n'est-ce pas, n'oublions pas ta mère. «*Je vais te montrer comment il faut faire, ma petite chérie. Je vais te montrer comment être une bonne épouse.*» Salope! Elle m'aurait dressée si je l'avais laissée faire! Elle aurait fait de moi sa réplique parfaite! Oui, j'aurais pu foutre ma vie en l'air avec toi, si tu avais été juste un tout petit peu moins con. Et tu sais quoi ? Tu sais ce que j'ai compris ce soir ? Ce n'était même pas de l'amour. Pendant toutes ces années j'ai cru que c'était ça. Je me disais, « bon, il est comme il est, il est pas parfait, mais je l'aime et je m'accroche et on va y arriver ». Et je me trompais. Je ne t'ai jamais aimé. C'est ça que j'ai compris. Jamais. Ce que j'aimais, c'était de me savoir souffrir pour toi. Parce que je pensais que tu en faisais autant. Tu comprends ? Je pensais que toi aussi, tu essayais. Tu en bavais, mais tu t'accrochais, avec tes moyens, qui n'avaient rien d'extraordinaire, c'est sûr, mais tu t'accrochais. C'est ce que je croyais. On souffrait, mais on partageait au moins ça. Et voilà Monsieur qui s'envoie en l'air avec une pute.

Lorsqu'elle cessa de parler, toutes les phrases que j'avais forgées dans mon esprit avaient été balayées. J'étais toujours debout immobile dans le salon. Elle ne me regardait pas. Elle avait vidé son sac comme pour elle-même, comme si j'avais cessé d'exister, et, quand elle eut fini, elle sortit de la pièce presque tranquillement. Elle revint quelques instants plus tard avec une cigarette entre les doigts. Me jetant un de ces regards indifférents qu'on jette aux chiens, elle dit, le plus calmement du monde :

— Je veux que tu partes.

— Tu plaisantes... essayai-je d'articuler.

— Ne rends pas les choses plus difficiles. Je veux que tu partes. J'ai bien réfléchi, j'y ai réfléchi toute la soirée. En fait, je ne sais même pas depuis quand j'y réfléchis. Je veux que tu partes. Je ne sais pas pour combien de temps. C'est peut-être provisoire, peut-être pas. Après tout, nous n'avons pas d'enfant, rien ne nous oblige à quoi que ce soit. Nous n'avons jamais rien bâti ensemble, tu le sais bien. Tout ça, ajouta-t-elle en désignant d'un geste circulaire le décor familier de notre foyer, tout ça c'est de la poudre aux yeux. Ça ne tient que parce que je l'ai bien voulu. Mais c'est fini, tu entends ? C'est fini.

Alors, tout disparut.

Je ne l'ai jamais retrouvé. Je ne l'ai plus cherché. Assis à la table du salon, où j'écris ces lignes dans l'espoir de capter ne serait-ce qu'un éclat lointain du réel, j'essaie d'imaginer ce qu'il a pu devenir. Parfois je me dis qu'il a écrit ce qu'il a écrit dans la seule intention de me détruire. Mon frère, cette fiction incarnée. Il n'a pas seulement dérobé les souvenirs bien réels de mon grand-père. Il a aussi transformé ma propre existence en fiction. Mes treize années de mariage, mon métier, mes projets, l'existence que je m'étais patiemment construite en dépit du mépris familial : envolés.

Je vois Marie de temps à autre, pour les

questions juridiques relatives au divorce. La procédure sera bientôt achevée, aucun problème de part et d'autre. Elle a rencontré quelqu'un, un toubib, je crois. Je ne sais pas trop quoi penser du fait qu'elle entame son second mois de grossesse.

Tout m'échappe. Je n'ai jamais rien compris à rien. Il doit y avoir, dans tout ce qui m'entoure, un ordre, une loi secrète, un code auxquels je n'ai pas accès, et qui sans doute donnent un sens à ce qui arrive.

Parfois j'imagine qu'il avait pu s'arranger avec Lucile. Cette scène qu'elle m'avait jouée au café pouvait bien n'avoir été que trompe-l'œil, faux-semblant. Pourquoi pas ? Elle avait eu tout le temps de l'appeler entre mon coup de fil et l'instant où elle m'avait rejoint rue d'Avron, ce matin-là. Mais à quoi bon chercher ?

Je vis chez ma mère, en attendant de trouver un studio, ce qui ne sera pas très facile, j'en ai peur, depuis ma mise en disponibilité de l'Éducation nationale. À nouveau sous le portrait de mon père, tandis que j'écris ces lignes. Il était aussi démuni que moi, je crois, mais au fond il avait plus de courage. Jusqu'au bout — jusqu'à cette double catastrophe, la désertion de celui de ses fils en qui il avait mis tous ses espoirs, et la fermeture du théâtre qui l'employait depuis trente ans — jusqu'au bout, et peut-être même après, malgré l'alcool, il a lutté pour sauver ce qui pouvait l'être. Pas moi.

Deux jours après mon retour ici, j'ai cherché à joindre Luddmeyer : sans succès. Je suis allé chez lui, dans son luxueux appartement de Neuilly. Je n'y ai trouvé qu'une femme de ménage, une Vietnamienne. Elle m'a expliqué, dans un français passable, que Luddmeyer était parti en voyage pour un temps indéterminé. Il n'a laissé aucun message à mon intention.

Ma quête est une succession de visites dans des appartements désertés.

Je me demande parfois si ce n'est pas Marc qui m'a guidé jusque dans le bureau d'Étienne, m'a tenu la main pendant que j'ouvrais la documentation, et s'est emparé de moi quand je suis devenu fou. Lui, ou les sentiments que je lui portais... Quelle différence ? Qui est-il, en fin de compte, mon frère, sinon le miroir de tout ce que j'aurais pu être ?

Je pensais que tout s'arrêterait là, mais voici qu'hier, j'ai reçu ici un paquet dans une enveloppe kraft, accompagné d'un mot. La note était de Doubrovsky. Il était maintenant à New York, et, en faisant ses valises, il avait, m'annonçait-il, finalement retrouvé le manuscrit dont je lui avais parlé. Il me le faisait parvenir à toutes fins utiles.

L'enveloppe contenait une chemise cartonnée jaune, dans laquelle se trouvait un manuscrit de deux cent huit feuillets, tapés à la machine à écrire. La première page commençait ainsi :

Henri WEITZMANN
TROCADÉRO

---

30 ans de souvenirs.

«*À l'angle de l'avenue de Malakoff et de la place du Trocadéro, de chaque côté du trottoir, deux cafés se disputent la clientèle des cochers, conducteurs et palefreniers de la Compagnie Générale des Omnibus. Une bonne odeur d'écurie flotte dans l'air. Les voitures à impériale sortent de l'immense remise, tirées par des chevaux que le pansage du matin a tout ragaillardis.*»

Sans comprendre encore, j'ai feuilleté, à la recherche d'informations sur lesquelles j'avais échafaudé tant d'hypothèses au cours des semaines précédentes.

«*Maman, ma petite maman chérie... Voilà trop longtemps que je n'ai senti la caresse de ta main sur ma tête, sur mon front. C'est un bon portrait de toi que j'ai là, devant moi. Sur une autre photo que j'aime aussi, tu parais inquiète.*»

Je ne comprenais pas — je ne voulais pas comprendre : c'était ça, le manuscrit dangereux écrit dans la clandestinité?

«*Ah, mes vacances dans les allées du Trocadéro, les parties de cache-cache, les batailles rangées entre Peaux-Rouges et cow-boys, les chasses aux fauves... Quand vous aurez joué avec moi sur la terrasse blanche d'où l'eau tombe en cascade, le dimanche, devant un beau décor que l'on découvre maintenant de l'esplanade du Trocadéro...* »

C'était pour ça que je m'étais échiné ? Cette rédaction de cours élémentaire ? « *Hommage à d'humbles éducateurs.* » « *Amour sacré de la Patrie.* » « *Dans le fond de son cœur, l'homme droit qui lève un front sévère et triste vers sa Patrie décevante, reste épris plus qu'un autre peut-être de la terre, du langage, des mœurs et du peuple...* » En 1942 ! Il avait rédigé ça en 1942 ! Les flics français à ses trousses ? Il n'avait rien trouvé de mieux à écrire ! Et c'était ça qui m'avait tant fait courir ? Ce n'était pas possible ! Isadora Duncan entrevue nue dans sa loge, Max Linder et Chaplin, les chimères de la Belle Époque. Je n'arrivais pas à y croire ! Qu'est-ce que j'en avais à foutre, moi, de ses putains de célébrités ! « *J'ai vu bien des célébrités demander aux frondaisons des jardins de servir d'arrière-plan aux prises de vue. C'est ainsi que ma mémoire a finalement conservé les premières images qui illustrèrent le cinéma français.* » Sa mémoire ? Quelle mémoire ? Rien sur son père, pas même un nom ! Max disparaissait dans les coulisses de l'assimilation ! Rien sur *mon* père, rien sur la guerre ! Au lieu de ça : *Voici le jardin du bonheur* ! L'histoire d'un gosse qui regarde les autres s'agiter sur la scène du théâtre dont ses parents sont plus ou moins les concierges ! C'était ça, dont je devais me contenter ! Concierge ! Et ce style ! Ce style troisième République toujours prêt à la déférence ! Le jardin du bonheur ! La France, notre mère à tous ! Avec ses instituteurs toujours prêts à punir les métèques dans son genre ! « *Ce que nous prenions pour de la sévérité n'était qu'un sentiment de justice et le maître parfait qui s'imposait à nous enseignait surtout par l'exemple.* » Ça, pour l'aimer, il l'avait aimée, la France ! Il en était fier, de ce pays qui voulait sa peau ! « *On aime sa Patrie comme on aime ses parents : avec ferveur, avec passion quand ils savent eux-mêmes bien aimer leurs enfants, avec respect et indulgence quand ils aiment mal.* » En 1942 ! Avec respect et indulgence ! Et c'était après ça que j'avais couru ! C'était ça, mon héritage ! Ma Terre promise ! Le pays de cocagne pour lequel son père à lui avait traversé la moitié de l'Europe ! À défaut d'Amérique, il s'en était épris, oui, « *plus qu'un autre peut-être* », écrivait-il. « *Pour être comme tout le monde, il faudra faire un effort. Être plus français qu'un Français.* » Il l'avait fait, cet effort ! Et c'était tout ce qu'il nous avait légué en fait d'héroïsme ! Les mémoires secrètes du héros, c'était ça. Le but mystérieux de mes poursuites, c'était ça. Le désarroi pathétique du fuyard s'accrochant une dernière fois à ce qu'il laisse derrière lui. L'amour acharné et trompeur pour la terre qui le condamne...

C'était tout ce qui me restait.

Une comédie, aurait dit mon père. Un jeu avec la fiction, aurait dit mon cousin. Une blague, aurait dit Marc. Une mauvaise plaisanterie.

Doutor Marcus

«*Tem de viver perigosamente*, il faut vivre dangereusement.» «*'Ta certo, rapaz, ta certo...*» Il y en a qui veulent te vendre de la drogue, d'autres qui se réfugient chez toi pour échapper à leur maquereau, tu as failli te battre avec l'un d'entre eux et pour une raison quelconque cela ne s'est pas fait — tu es, selon l'étiquette que t'attribue le taulier, mi-admiratif mi-délateur, «*o baixinho perigoso*», le petit mec dangereux, pour les autres comme pour toi-même. «*Doutor Marcus*», «Docteur Marc», selon le titre qu'ils donnent aux gringos qui savent lire. Tu es au cœur du Carnaval, au cœur du Pelourinho, le bairro le plus misérable et le plus dangereux que tu aies pu trouver à Salvador de Bahia. Le jour, tu traînes sur les plages parmi les cadavres de bouteilles, bières glacées vidées au litre — «mais uma! Encore une» —, la nuit, tu suis les camions à musique dans les rues, tu te saoules dans les bars à putes, toujours le même rituel, après la bière, la calchaça, après la calchaça, la pinga, et après la pinga, généralement plus rien. La vie à la roulette russe. Le taux de séropositifs dans les rues dépasse la moitié de la population en âge de se prostituer, c'est-à-dire dix ans. « Tem de viver perigosamente, il faut vivre dangereusement. » « *'Ta certo, rapaz. Ta certo.* »

O Brasil e o pais do futuro, c'est ce qu'on dit. Le Brésil est le pays du futur : ex-nazis, criminels de guerre, escrocs, tous les Yves Chalier de la planète se sont donné rendez-vous dans ce pays. Pas de mémoire ici, moins encore de justice. La fin de l'Histoire avant qu'elle ait jamais surgi. La poubelle du monde industriel. Le XXIe siècle en concentré. À la bourse des faux passeports, le visa brésilien vaut de l'or : tout le monde se rue vers l'avenir.

« Vous prenez de la glace ? demande Luddmeyer, assis à la terrasse de l'hôtel qui surplombe la baie de Salvador. Les Français ne savent pas boire glacé. Toujours un peu chichiteux, les Français. » Tu réponds non. De l'autre côté de l'hôtel, dans la rue, le premier vacarme de la nuit qui approche. « *Tristeza não tem fin. Felicidade sim*, la tristesse n'a pas de fin, le bonheur en a une. »

« Votre père est mort il y a près de six mois, monsieur Weitzmann. Vous ne saviez vraiment rien ? » Mais c'est une chose, d'apprendre la mort de son père, c'en est une autre de l'apprendre ici, dans ce pays improbable où chaque chauffeur de taxi a survécu à un minimum de trois attaques à main armée, où une fille de dix-neuf ans s'effondre dans ta chambre avec des larmes de peur parce qu'un type arpente les rues pour lui planter son Opinel dans le ventre. « Il faudra que vous me laissiez avertir votre frère que je vous ai retrouvé, hein ? C'est le minimum, il y a des choses, tout de même... D'autant que vous avez fait pas mal de conneries avant votre départ, non ? Si j'en crois les ragots. » Tu réponds oui. Il te suffira de changer d'hôtel. Vous vous levez ensemble et vous dirigez vers la rue. Tu sais que tu ne le reverras pas. Tu ne l'as pas fait entrer dans cette chambre qui ressemble à une cellule, où tu vis maintenant, avec le lit étroit, la douche rudimentaire, l'unique chaise, les murs hauts et sombres, la fenêtre, qui donne sur le haut de la rue, où l'on peut voir encore les traces du garrot, pour les esclaves dont les fils peuplent à présent le quartier. Tu ne lui as rien dit des mères célibataires, vingt-cinq ans maximum, secrétaires ou vendeuses durant la journée selon le degré d'alphabétisation, strip-teaseuses la nuit dans les boîtes à samba, qui financent la baby-sitter d'une passe dans ta chambre avant d'aller se dessaper devant des tablées de touristes allemands. La rue chante la terre promise, *terra prometida : « Poder dormir, moder morar, poder sair, poder chegar, e depois de partir poder voltar, e dizer este aqui e o meu lugar »* — Pouvoir dormir, pouvoir rester, pouvoir sortir, pouvoir rentrer, et après être parti, revenir, et dire : ce lieu est ma place...

«*Tristeza não tem fin. Felicidade sim.*» «Et qu'est-ce que vous comptez faire à présent?» Il baisse vers toi son regard, son long visage triste, les traits, creusés par l'âge, accentuent l'aspect étrange de sa longue silhouette à l'élégance un peu destructurée. Tu hausses les épaules en souriant, tu désignes la foule qui passe en dansant, tu dis : «Je crois que je vais aller marcher un peu.» À un continent de distance, moi dans le passé, toi dans l'avenir, nous apprenons lentement à vivre partout de la même manière, sans plus habiter vraiment nulle part. Dans la rue, un Carnaval nous oublie à jamais.

REMERCIEMENTS

Bien que ce livre soit ce qu'il est convenu d'appeler une fiction, certains de ses acteurs doivent être remerciés pour l'aide et le soutien qu'ils ont apportés à l'auteur.

Pierre-André Taguieff, tout d'abord, qui n'apparaît pas dans ces pages, mais dont les recherches et la documentation exceptionnelle m'ont grandement aidé dans la rédaction des textes révisionnistes.

Toute ma gratitude et mon affection vont, également à mon père, qui a dû attendre ce texte avec quelque appréhension — dans l'espoir de ne l'avoir pas déçu.

DU MÊME AUTEUR

ENQUÊTE, 1996, Actes Sud.

CHAOS, 1997, Grasset.

Composition Jouve.
Impression Société Nouvelle Firmin-Didot
à Mesnil-sur-l'Estrée, le 4 août 1999.
Dépôt légal : août 1999.
Numéro d'imprimeur : 47956.

ISBN 2-07-05555-X/Imprimé en France.

90325